임영기 新무협 판타지 소설
FANTASTIC ORIENTAL HEROES

대사부 10
임영기 新무협 판타지 소설

초판 1쇄 찍은 날 § 2010년 8월 23일
초판 1쇄 펴낸 날 § 2010년 8월 30일

지은이 § 임영기
펴낸이 § 서경석

편집팀장 § 서지현
편집 § 박우진

펴낸곳 § 도서출판 청어람
등록번호 § 제1081-1-89호
등록일자 § 1999. 5. 31
어람번호 § 제2-1966호

주소 § 경기도 부천시 원미구 심곡2동 163-2 서경B/D 3F (우) 420-822
전화 § 032-656-4452 팩스 § 032-656-4453
http://www.chungeoram.com
E-mail § chungeoram@chungeoram.com

ⓒ 임영기, 2009

ISBN 978-89-251-2262-5 04810
ISBN 978-89-251-2031-7 (세트)

대사부

大邪夫

10

사신(死神)

FANTASTIC ORIENTAL HEROES

임영기 新무협 판타지 소설

도서출판
청어람

目次

第百二章

페허

대사부

싸움이 시작된 지 꼬박 이틀 만에 낙양대전이 끝났다.

천검신문의 승리지만 힘겨운 신승(辛勝)이다.

피아 간에 너무 많은 사람이 죽었다. 낙양성 내에 바닥이 보이지 않을 정도로 시체가 즐비하게 깔렸다.

울제국은 십삼만의 시체와 십만에 이르는 중상자를 낙양성에 버려두고 도주해야만 했다.

목숨을 부지한 채 살아서 도주한 자들의 수는 십칠만이며, 그중에서도 몸이 성한 자들은 찾아보기 어려웠다.

울제국은 패가수가 이끌고 왔다가 나중에 합류한 삼만 명을 합쳐서 총 십만 명의 고수 중에서 사만여 명이 죽거나 중상자로서 버림을 받았다. 고수들의 피해는 예상외로 적은 편이었다.

천검신문은 도주하는 그들을 추적하지 않았다. 아니, 피해가 막심해서 추적할 여력이 없었다.

천검신문은 총 사만 명 중에서 만여 명이 죽었으며 오천여 명이 부상을 당했다.

최초의 천검사호문인 태극문과 성검문, 뇌룡문, 취봉문 고수들은 원래 고강하기 때문에 피해가 경미했으나, 그 외 고수들은 상대적으로 피해가 컸다.

제삼군 천도군 휘하 이단 이십사운에 배속됐던 부옥령의 부친 부윤발의 적하장 고수 칠십여 명과 이십오운인 서주동의 부친 서화표의 남천문 고수 삼백 명은 생존자가 양쪽 합쳐서 겨우 십오 명뿐이었다.

그리고 사도구련과 마도삼세의 희생자가 무려 칠천여 명에 달했다. 그들 딴에는 정예고수라고 자부했으나 이번 낙양대전에서 뼈아픈 대가를 치르고서야 옥석이 뚜렷하게 가려진 것이다.

낙양성은 재건이 불가능할 정도로 대파되었다. 장원이든 집이든 온전한 곳이 하나도 없었다.

환난 중에서도 다행인 것은, 성민들이 한 명도 다치거나 죽지 않았다는 사실이다.

성민들은 낙양성 내 백여 곳에 미리 설치해 놓은 대피호 속에서 조마조마하게 싸움이 끝나기를, 천검신문이 승리하기를 기다렸다.

그들은 충분한 먹을거리와 물 따위를 갖고 들어갔으므로 며칠쯤 견디는 것은 어려운 일이 아니었다.

천검신문은 대피호를 필사적으로 사수했으나 애당초 울제 국도 성민들을 다치게 하려는 생각은 없었는지 아무도 대피 호 내부를 공격하지는 않았다.

낙성검가는 전각 세 곳이 불에 타다가 말았다. 날아오는 불 화살들을 허공에서부터 차단했고, 전각에 불이 붙은 것을 신 속하게 끈 덕분이다.

낙성전 앞 돌계단 위에 기개세가 우뚝 서 있고, 계단 아래 에 천검신문의 중요 인물들이 도열해 서 있다.

눈처럼 흰 백의를 입은 기개세 옆에는 역시 탈속한 듯한 아 름다움을 지닌 아미가 다소곳이 서 있으며, 그 뒤에는 소옥군 과 나운상, 소랑 세 사람이 서 있다.

돌계단 아래에 도열해 있는 도기운 이하 중인은 기개세를 보면서 만면에 감개무량한 표정을 짓고 있었다.

도기운과 나신효 등 몇 명을 제외하곤 이들은 기개세를 일 년 반 만에 처음 보는 것이다. 그러니 어찌 반갑고 기쁘지 않 겠는가.

모두들 기개세가 일 년 반 전하고는 판이하게 달라졌음을 한눈에 알아보았다.

기개세는 예전보다 키가 조금 더 커졌으며 체격도 당당해졌다. 하지만 겉으로 보기에는 약간 마른 듯 호리호리했다.

그는 이제 스물한 살이 되었다. 얼굴에서는 소년 티가 사라지고 대신 청년의 근사함이 물씬 풍겼다.

또한 코밑과 턱에 파르라니 깎은 수염과 귓가의 거무스름한 구레나룻은 중후함을 엿보이게 했다.

그러나 그것은 단지 용모적인 변화일 뿐이다. 그에게선 서기(瑞氣)와도 같은 은은한 광휘가 뿜어지고 있었다.

인간의 모습을 하고 있으나 인간하고는 거리가 먼 성스러운 기운이었다.

천검신문 사람들은 그가 완전한 태문주가 되어 돌아왔다는 사실을 그의 모습만 보고도 알 수 있었다.

도기운은 기개세가 단 일 장으로 화룡신장을 죽이는 것을 두 눈으로 똑똑히 목격했다.

또한 마룡신장, 탕룡신장과 싸우고 있던 나궁조와 기무군, 담무혁, 오대명왕도 기개세가 마룡신장과 탕룡신장을 각각 일 장에 즉사시키는 장면을 보았다.

기개세의 그런 무위는 결코 인간의 능력이라고는 생각할 수 없는 것이었다.

그때 도기운 이하 중인이 일제히 우렁차게 외치면서 그 자리에 부복했다.

"주군을 뵈옵니다!"

외침이 쩌렁쩌렁하게 멀리까지 퍼졌다.

기개세는 빙그레 미소 지으면서 돌계단 아래를 한차례 둘러본 후 고개를 끄덕였다.

"일어나라."

중인은 조심스럽게 일어났다.

기개세의 목소리는 나직하면서도 모두의 귀에 또렷이 들렸고, 또한 한없이 부드러웠다.

"모두들 고생했다."

그 한마디뿐인데 사람들은 울컥 감격이 솟구쳤다. 그리고 그동안 힘들었던 모든 것이 일시에 사라지는 듯한 느낌을 받았다.

사람들은 기개세를 조금이라도 더 자세히 보려고 눈조차 깜빡이지 않고 주시했다.

"이제부터 우리 다 함께 천하를 구해보자."

어떤 구체적인 계획이나 거창한 선언 같은 것도 없이 달랑 그 말뿐이다.

하지만 중인 모두는 기개세의 말이 거대한 희망의 해일이 되어 가슴속으로 깊이 파고드는 것을 느꼈다.

"옥령이 죽었다고?"

부옥령이 죽었다는 말에 기개세는 의자에서 벌떡 일어나며 크게 놀라는 표정을 지었다.

실내는 기개세의 여자와 가까운 사람들만 모여 있는데, 모두 침중한 표정이며 몇몇은 눈물을 흘리고 있었다.

그중에서도 소옥군과 소랑이 가장 슬퍼했다. 부옥령이 그녀들의 방문 밖에서 호위를 서고 있다가 패가수에게 죽임을 당했기 때문이다.

손진이 두 손으로 얼굴을 가리고 흐느꼈다.

"석 가가도 변을 당했어요. 흐흐흑!"

"형이 죽었다는 말이야?"

기개세의 얼굴이 해쓱해졌다. 그가 천신이 되어 돌아왔다고 해도 인간의 감정마저 사라진 것은 아니다.

이 방에 들어선 이후 줄곧 기개세의 얼굴에서 시선을 떼지 않고 있던 독고비가 착 가라앉은 목소리로 말했다.

"그는 사혈을 찍혔는데 몹시 흐릿한 맥이 아직 남아 있어요. 하지만 죽은 것이나 다름없는 상태예요. 화타나 편작이 온다고 해도 소생시킬 수 없을 거예요."

"형에게 가보자."

기개세는 더 들어볼 것도 없다는 듯 걸음을 재촉하여 방을 나섰다.

"영아!"

　기개세가 방으로 들어서자 침상 곁에 앉아 있던 하여상과 유당환이 벌떡 일어나 반갑게 맞이했다.

　아까 천검신문 사람들이 기개세에게 인사를 할 때 유당환은 그를 봤으나 하여상은 처음 보는 것이어서 자신도 모르게 그를 외쳐 부른 것이다.

　"어머님, 아버님, 그동안 무고하셨습니까?"

　기개세가 그 자리에서 무릎을 꿇고 큰절을 올리자 두 사람은 깜짝 놀라 급히 그를 일으켰다.

　너무도 거대한 존재가 되어버린 기개세의 절을 차마 받을 수 없고, 유석이 사경을 헤매고 있기 때문에 그럴 경황이 아닌 것이다.

　기개세는 일어나자마자 급히 침상으로 다가가 유석을 살펴보았다.

　유석은 이불을 덮은 채 눈을 감고 있는데 얼굴에 핏기라고는 전혀 없는 모습이었다.

　기개세는 즉시 유석의 맥을 짚었다. 독고비가 말한 대로 죽은 것이나 다름없는 맥의 기운이 느껴졌다.

　하지만 그는 독고비가 알아내지 못한 다른 것을 감지해 냈다.

　이미 죽은 것과 어떤 형태로든 살아 있다는 것의 차이는 엄연하게 다르고 또 크다.

　죽은 사람은 육신이 부패해서 자신이 왔던 곳, 즉 자연으로 돌아가지만, 살아 있는 사람은 몸이 썩지 않는다. 그것이 산 자와 죽은 자의 차이다.

그리고 기개세는 유석의 맥을 한차례 짚어보고는 어떤 가능성을 발견했다.

이미 죽은 사람은 기개세도 살릴 수가 없다. 그것은 자연의 법칙에 위배되는 것이기 때문이다.

하늘의 법, 즉 천도(天道)를 사용한다면 죽은 혼을 다시 부르는 초혼(招魂)을 하고 썩은 육신에 새살이 돋게 하여 소생시킬 수도 있다.

그러나 그것은 하늘의 절대자인 상제를 거스르는 일이다. 그런 짓을 하면 기개세가 대가를 치러야만 한다.

그렇지만 아직 살아 있는 사람의 경우는 다르다. 기개세의 능력과 권한으로 얼마든지 살릴 수 있다.

슥—

"모두 나가요."

기개세가 이불을 젖히자 아미가 하여상과 유당환, 그리고 기개세를 따라서 들어온 측근들에게 조용히 말했다. 그녀의 말에는 거역하기 어려운 힘이 실려 있었다.

그러나 사람들은 기개세가 유석을 치료하려는 것이라는 생각 때문에 기쁜 얼굴로 방에서 나갔다.

탁!

방 안쪽에서 아미가 방문을 닫는 것을 보면서 소옥군과 나운상, 소랑은 묘한 기분을 느꼈다.

자신들은 세상에서 기개세와 가장 가까운 사이라고 여겼는데 방금 그 자리에서 밀려났다는 느낌을 조금 받았기 때문이다.

세 여자 똑같이 그것을 느꼈으나 각기 자신만 그것을 느꼈을 것이라 생각했고, 또 착각이려니 여겼으며, 세 여자 모두 그것을 잊으려고 애썼다.

기개세는 침상 위로 올라가서 유석의 옷을 모두 벗긴 후에 똑바로 눕히고 그 옆에 단정하게 앉았다.

그라고 해서 이미 시체나 다름없는 유석을 살리는 일이 여반장처럼 쉬운 일은 아니다.

그는 서두르지 않고 천천히, 그러나 치밀하게 유석의 온몸을 추궁과혈수법으로 주무르고 두드리기 시작했다.

죽어가고 있는 혈맥과 내장, 신경 등 온몸의 기능을 일깨워서 살리려는 것이다.

그의 두 손에서 예전에는 지니고 있지 않던 활성신기(活生神氣)라는 것이 파도처럼 뿜어져 유석의 온몸 구석구석으로 주입되었다.

기개세가 유석을 치료하는 동안 아미는 침상 옆에 꼿꼿하게 선 채 그가 일어날 때까지 한 발자국도 움직이지 않았다.

*　　*　　*

도기운의 총지휘 아래 낙양대전으로 입은 피해를 정리하고 재건하는 대대적인 일에 천검신문뿐만 아니라 성민들까지 합심하여 총력을 기울이고 있었다.

수십만 구의 시체를 천검신문과 울제국으로 구분하여 낙양성 밖 북쪽과 서쪽으로 옮겨서 매장을 했다.

시체가 너무 많아서 일일이 묘를 세울 수가 없어서 천검신문 수하는 각 조직 별로 합동 묘를 만들었다.

울제국 시체들은 모두 화장(火葬)을 했다. 그들의 고향인 서장에서는 시체를 새들에게 먹이는 조장(鳥葬)을 하지만 이곳에서는 그렇게 할 수가 없어서 화장으로 대신하여 뼈를 가루로 내서 황하에 뿌려주었다.

울제국 사람들의 장사를 낙양성 서쪽에서 치른 까닭은 그들의 고향이 서쪽이기 때문이다.

그들은 비록 며칠 전까지 천검신문과 서로 죽고 죽이는 적이었지만 그들 나름대로는 조국을 위해 이역만리에서 싸우다가 죽었으므로 예우를 다해 장사를 치러주었다.

완전히 황폐해진 낙양성을 재건해야만 천검신문도, 성민들도 생활을 이어갈 수가 있다.

울제국 점령하에 있는 다른 곳의 백성이라고 해도 낙양성 성민들만큼 곤욕을 치르지는 않았을 것이다.

대피호에 숨어 있었던 덕택에, 그리고 울제국 고수나 군사들이 성민들을 학살하지는 않아서 모두 무사했으나, 집과 생활 기반, 터전이 모두 잿더미가 돼버려서 모든 것을 새로 시작할 수밖에 없는 상황이다.

그런데도 성민들은 결코 천검신문을 원망하지 않았다. 오히려 천검신문 덕분에 자신들이 짓밟히지 않았으며 여전히 자유를 누리고 있다면서 천검신문을 칭송했다.

*　　　　*　　　　*

소옥군과 하여상, 유당환 등 기개세의 최측근들은 방문 밖에서 두 시진 동안이나 기다리고 있는 중이다.

그들은 기개세의 치료가 너무 오래 걸린다는 생각 따윈 추호도 하지 않았다.

또한 기개세가 유석을 치료한다고 해도 단번에 좋아질 것이라고도 기대하지 않았다.

그저 유석이 소생하기만을, 살아서 눈을 뜨고 말을 할 수만 있게 되기만이라도 간절히 바랄 뿐이다.

문밖 복도에는 기개세의 세 여자인 소옥군 등과 하여상 부부, 독고비와 오대명왕, 우림, 담신기 등이 있으나 아무도 앉아 있는 사람은 없었다.

척!

그때 방문이 열리자 사람들의 시선이 일제히 그곳으로 집중되었다.

문이 활짝 열리더니 햇살처럼 눈부시게 아름다운 아미의 모습이 나타났다.

"들어오세요."

기다리던 사람들은 잔뜩 기대 어린, 그러나 초조한 얼굴로 방으로 들어갔다.

"아!"

"오……!"

사람들은 제일 먼저 침상을 보다가 그 자리에 우뚝 서며 만면 가득 경탄의 표정을 떠올렸다.

침상에는 옷을 다 입은 유석이 일어나 앉아서 반가운 표정으로 기개세와 이야기를 나누고 있는 것이 아닌가.

"석아!"

"오라버니!"

하여상 부부와 유정은 외치면서 침상으로 달려가고 다른 사람들도 그 뒤를 따랐다.

"아버님, 어머님."

유석은 환하게 미소를 지었다. 그의 얼굴에는 혈색이 돌고 평소의 모습과 다름이 없었다.

"살아났구나, 석아!"

"흐흐흑! 오라버니!"

하여상 부부와 유정은 유석을 부둥켜안고 기뻐서 어쩔 줄을 몰랐다. 다른 사람들도 침상 가에 모여서 다 함께 기쁨을 나누었다.

유당환은 침상에 앉아 있는 기개세를 향해 그 자리에서 무릎을 꿇으면서 감격한 표정을 지었다.

"주군, 이 은혜를 어떻게 갚아야……."

그러나 그는 무릎을 굽히려다가 만 어정쩡한 자세였다가 곧 원래대로 무릎과 몸이 펴졌다.

중인은 기개세가 무형지기로 유당환이 무릎을 꿇지 못하게 했다는 사실을 깨달았다.

기개세는 유당환을 보면서 빙그레 미소 지었다.

"사석에서의 저는 아버님의 아들일 뿐입니다."

유당환을 비롯한 사람들은 기개세가 예전보다 더 겸손해지고 의젓해졌음을 새삼스럽게 느꼈다.

더구나 의술의 신선이라는 화타나 편작이 와도 치료할 수 없다는 유석을 거뜬히 살려낸 기개세다.

그뿐인가. 유석을 간신히 정신만 차리게 한 것이 아니라 언제 사경을 헤맸느냐는 듯 평소와 다름없는 상태로 소생시켰으니 경탄할 일이었다.

"애쓰셨어요."

소옥군이 기개세를 보며 화사하게 미소 지었다.

그녀의 뒤를 따라서 사람들이 한마디씩 치하를 하고 경탄을 하느라 조금 시끄러워졌다.

　그사이에 유석은 사람들 어깨너머로 뒤쪽에 서서 하염없이 기쁨의 눈물을 흘리고 있는 손진을 발견했다.
　손진은 유석의 부모와 여동생 때문에 그에게 가까이 다가갈 수 없어서 먼발치에서나마 기뻐하고 있는 것이다.
　유석은 표정과 눈물에서 그녀가 얼마나 기뻐하고 있는지 여실히 느낄 수 있었다.
　기개세는 침상에서 바닥으로 내려섰다.
　"잠시 볼일 좀 볼 테니까 이야기하고 있어."
　이어서 그가 밖으로 나가자 아미가 뒤따랐다.
　사람들은 그가 소변이라도 보러 가는 것이라고 생각했다.
　소옥군과 나운상, 소랑은 기개세를 뒤따라 나가는 아미의 뒷모습을 애잔한 표정으로 바라보았다.

　기개세와 아미는 낙양성 거리로 나섰다.
　낙양성이 피해를 얼마나 입었는지 자신의 눈으로 직접 보고 확인하려는 것이다.
　어디로 간다고 말을 하면 측근들이 우르르 뒤따라 나올 것 같아서 아무에게도 말하지 않고 아미하고만 낙성검가를 몰래 빠져나왔다.
　"생각했던 것보다 심하군요."
　기개세와 나란히 거리를 걸으면서 주위를 살피던 아미가 초승달 같은 눈썹을 살짝 찌푸리며 염려 섞인 표정으로 입을 열었다.

"가을이라서 밤에는 매우 쌀쌀해요. 부녀자들이나 아이들이 집도 없이 한데서 자야 하는 것이 안타깝네요."

기개세는 아미가 천하의 그 어떤 여자보다도 강하지만 마음은 누구보다 여리고 선해서 걸핏하면 눈물을 잘 흘린다는 것을 알고 있다.

그때 기개세가 걸음을 멈추고 한곳을 바라보자 아미도 멈춰 서서 그곳을 바라보았다.

성의 북쪽인 이 지역은 성민들 중에서도 하층민들이 밀집해서 사는 곳이다.

간간이 절반이나마 성한 집이 눈에 띌 뿐, 대부분의 집이 잿더미가 되거나 앙상하게 뼈대만 남아 있는 상황이다.

지금 기개세와 아미가 보고 있는 곳에는 한 가족이 불에 타다가 만 기둥 하나에 달라붙어서 그것을 세우려고 안간힘을 쓰고 있었다.

그곳은 예전에는 나무와 돌담을 섞어서 만든 자그마한 집이 있었던 것 같은데, 지금은 담과 기둥, 지붕이 다 무너지고 폐허가 된 상태다.

이들 가족은 작은 나무기둥을 몇 개 세워 그 위에 움막을 쳐서 밤이슬과 바람이라도 피하려고 애쓰는 것 같았다.

그런데 한 아름 굵기 남짓한 기다란 기둥 하나를 세우려고 노파와 삼십대의 여인, 그리고 열 살 남짓한 어린 계집아이와

예닐곱 살의 사내아이 네 명이 달라붙어서 씨름을 하고 있는 중이다.

하지만 기둥은 번번이 쓰러졌고, 그때마다 그들 가족은 비명을 지르면서 사방으로 도망치느라 바빴다.

그대로라면 밤새도록 해도 기둥 하나조차도 세우지 못할 것 같았다.

기우뚱!

"쓰러진다! 피해라! 얘들아!"

"우와!"

"아앗!"

이번에도 간신히 세운 기둥이 또다시 쓰러지려고 하자 가족은 비명을 지르면서 흩어졌다.

그런데 이번에는 기둥이 제일 작은 예닐곱 살 사내아이 머리 위로 곧장 쓰러지고 있다.

"아앗! 결(決)아!"

그러자 여인이 날카로운 비명을 지르면서 사내아이를 덮쳐가 온몸으로 감쌌다.

그대로 놔둔다면 기둥이 여인의 머리나 등짝으로 무지막지하게 쓰러질 것이 뻔했다. 그것에 맞으면 죽지는 않더라도 심한 부상을 입게 될 것이다.

"어미야!"

"엄마!"

그 광경을 보면서 노파와 여자아이가 비명을 질렀다.

하지만 아무 일도 일어나지 않았다. 어느새 다가온 기개세가 한 손으로 기둥을 잡았기 때문이다.

일가족 모두가 달라붙어서 안간힘을 다했어도 기둥 하나 제대로 세우지 못하고 있던 그 자리에 임시 움막이 번듯하게 세워졌다.

기개세와 아미가 직접 나서서 여러 개의 굵고 큰 기둥을 박고 그 위에 얼기설기 나무 막대기를 가로지르고는 널빤지들을 촘촘하게 잇댔다.

그리고 쓸 만한 판자와 벽돌을 사방에 쌓아 올려서 비바람을 막을 수 있게 해주었다.

그 바람에 기개세와 아미의 깨끗한 백의는 숯검정과 흙 따위가 묻어서 더러워졌다.

그렇지만 두 사람은 조금도 개의치 않고 자신들이 지은 움막을 보면서 흐뭇한 표정을 지었다.

여인을 비롯한 가족은 번듯한 움막을 보면서 손뼉을 치며 기뻐했다.

"정말 고마워요. 이 은혜를 어떻게 갚아야 할지……."

여인이 두 손을 앞에 모으고 고마워서 어쩔 줄 모르는 표정으로 말하자 기개세는 빙그레 미소 지으면서 손을 저었다.

"그다지 어려운 일이 아니었으니 개의치 마시오."

이어서 몸을 돌려 아미와 함께 거리 쪽으로 걸어갔다.

"저… 보잘것없지만 저녁 식사를 대접하고 싶어요."

그러자 여인이 뒤따르며 수줍게 말했다.

기개세가 돌아서자 여인과 두 명의 아이, 그리고 노파가 나란히 서서 기대 어린 표정으로 그를 바라보았다.

기개세는 가볍게 끄덕였다.

"그럼 실례를 하겠소."

여인과 아이들, 노파의 얼굴에 비로소 안도하는 기색이 떠올랐다.

여인과 노파가 저녁 식사 준비를 하려고 불을 피우고 채소를 다듬는 등 바삐 움직이는 사이에 두 아이는 엄마를 돕는다고 세간을 움막 안으로 옮기는 일을 했다.

기개세는 부피가 크고 무거운 가구를 옮겨주려고 그쪽으로 걸어가다가 가구 옆 후미진 곳에 남루한 이불이 깔려 있고 그곳에 한 명의 노인이 누워 있는 것을 발견했다.

그는 쪼글쪼글한 주름투성이에 두 눈과 뺨이 퀭하게 움푹 들어갔고, 뼈에 가죽만 씌워놓은 듯이 피골상접한 모습이며, 누렇게 뜬 얼굴이라서 병색이 완연했다.

기개세는 그가 아이들의 할아버지일 것이라고 생각하고 그 옆에 쭈그리고 앉았다.

노인은 흐릿한 눈으로 기개세를 쳐다보았다. 그는 기개세가 움막을 짓는 것을 지켜보았기 때문에 몹시 고마움을 느꼈으나 병이 깊고 기력이 쇠해서 말을 할 수도 없는 처지다.

기개세가 노인 옆에 있는 것을 보고 여인이 총총히 다가와
서 허리를 굽혔다.

"소인의 바깥양반인데 몇 년 전부터 원인을 알 수 없는 병
에 걸려서 시름시름 앓더니 이제는 운신을 못하고 죽을 날만
기다리고 있답니다."

노인은 할아버지가 아니라 여인의 남편이었다. 병을 오래
앓아서 겉모습이 늙어 보이는 것이었다.

여인은 아이들을 손짓해서 불렀다.

"얘들아, 아버지를 안으로 모셔라."

그러자 기개세가 여인의 남편을 안고 벌떡 일어나 움막 안
으로 들어갔다. 남편은 아이보다 더 가벼웠다.

아이들은 밖에서 뛰어놀고, 여인과 노파는 음식을 만드느
라 여념이 없다.

그리고 기개세와 아미는 움막 안에 있다. 아니, 남편까지
세 사람이 함께 있다.

"저기에서 먹자꾸나."

노파가 모닥불을 가리키고는 음식을 그곳으로 들고 가자
여인도 뒤따랐다.

두 사람이 모닥불 가에 임시로 식탁을 만들고 음식을 차리
고 있을 때 움막에서 누가 나왔다.

여인은 기개세인 줄 알고 무심코 쳐다보다가 혼이 달아날 정도로 놀랐다.

"앗!"

움막 안에서 걸어나오고 있는 사람은 기개세가 아니라 그녀의 남편이었던 것이다.

몇 년 동안이나 자리보존하고 누워서 말조차 하지 못하던 남편이 버젓이 걸어나오고 있으니 여인이 혼비백산하는 것은 당연한 일이다.

"여… 보……."

남편은 꿈인지 생시인지 모르는 듯한 표정을 짓고 있었다.

"은인께서 날 고쳐 주셨소. 나는 이제 조금도 아프지 않소. 보시오."

그러면서 그는 팔다리를 힘차게 움직이면서 다리를 번쩍번쩍 들며 이리저리 걸어보였다.

그는 비단 움직이게 됐을 뿐만 아니라 병색이 완연하던 얼굴에도 건강한 혈색이 돌았다. 그래서 갑자기 십 년은 더 젊게 보였다.

"아아… 어떻게 이런 일이……."

노파도 일손을 멈춘 채 경악과 기쁨이 범벅된 얼굴로 아들을 쳐다보았다.

그때 움막에서 기개세와 아미가 나왔다. 기개세는 남편의 어깨에 손을 얹고 빙그레 미소 지으며 설명했다.

"이 사람의 병은 깨끗이 나았소. 그리고 앞으로는 아프지 않을 것이오."

여인과 남편, 노파, 그리고 아이들까지 모두 눈물을 흘리면서 기뻐하고 또 고마워했다.

그들은 나란히 서 있는 기개세와 아미를 향해 공손히 큰절을 올렸다.

"하늘 같은 은혜에 감사드립니다."

그러나 그들은 한참이 지났는데도 아무 소리도 들리지 않자 조심스럽게 고개를 들었다.

하지만 기개세와 아미는 그 자리에 없었다. 감쪽같이 사라져 버린 것이다.

일가족은 급히 일어나서 주위를 둘러보았지만 기개세와 아미의 모습은 어디에서도 보이지 않았다.

여인은 한바탕 꿈을 꾼 것 같은 생각이 들어서 급히 남편을 쳐다보았다.

남편은 기개세와 아미를 찾는다고 이리저리 황급히 돌아다니면서 기웃거리고 있었다.

남편이 병에서 말끔하게 나았고, 움막도 그대로 있었다. 진정 꿈은 아니다.

그때 노파가 노을이 짙게 깔려 있는 서쪽 하늘을 바라보면서 감격한 얼굴로 말했다.

"나는 그분이 누군지 알 것 같구나."

모두들 궁금한 표정으로 쳐다보자 노파의 만면에 존경심이 가득 떠올랐다.

"아마도 그분은 천검신문의 문주이신 천신(天神)이 틀림없을 게다."

낙성검가에서는 기개세가 어디론가 가서 돌아오지 않고 있기 때문에 모두들 걱정하고 있었다.

그런 것을 아는지 모르는지 기개세와 아미는 자정이 거의 다 돼서야 낙성검가에 돌아왔다.

그런데 두 사람의 꼬락서니가 말이 아니다. 옷과 얼굴, 손발이 온통 숯검정과 흙투성이고 머리까지 봉두난발이라서 완전히 거지꼴이었다.

오후 늦게 나갔던 두 사람은 이 시각까지 성내를 돌아다니면서 쉬지 않고 성민들의 움막을 지어주고 아픈 사람들을 고쳐 주느라 이 꼴이 된 것이다.

그렇지만 기개세와 아미는 무슨 일을 하고 왔는지 말하지 않고 목욕실에 함께 씻으러 들어갔다.

第百三章

천신기혼(天神氣魂)

大夫
대ᄉ부

태자 이반은 조금 전에 자금성으로 돌아왔다.

월궁의 항아처럼 아름답다는 안휘성의 미녀를 취하려고 갔었지만 빈손으로 돌아왔다. 여자의 미색이 그가 생각했던 것에 훨씬 못 미쳤기 때문이다.

그는 돌아오자마자 듣게 된 보고 때문에 지금 심기가 몹시 언짢은 상태다.

낙양성을 함락시키라고 보낸 구룡신장 네 명 중에서 세 명이 죽었다.

게다가 삼십칠만, 아니, 패가수가 이끈 삼만 명까지 도합 사십만 대군이 낙양성을 함락시키기는커녕 대패하여 도망쳤다고 한다.

뿐만 아니라 자금성으로 호송 중이던 천하이미가 감쪽같이 사라졌다는 것이다.

그는 자신이 다른 미녀를 얻으려고 안휘성 북부 지역으로 갔던 것을 이제 와서 후회했으나 이미 엎질러진 물이다.

또한 그는 천하이미를 잃은 것과 낙양성에서 대패한 것을 비슷한 비중으로 여긴다. 그만큼 미녀에 대한 그의 관심, 아니, 욕심이 큰 것이다.

"낙양성 싸움에서 이기고 있는데 신비한 백의인들이 갑자기 나타났다는 것이냐?"

이반은 창 앞에 우뚝 서서 팔짱을 끼고 밖을 내다보며 중얼거리듯 물었다.

"그렇습니다. 백의인은 모두 오십 명이었는데 각자의 무위가 신의 경지였다고 합니다."

시립하고 있는 잠룡신장이 공손하게 말을 이었다.

"속하의 소견으로는 천문주가 태문주가 되어 돌아온 것이 아닌가 합니다."

"태문주?"

"그렇습니다. 태문주, 즉 천신이 귀환한 것이 분명합니다. 그러지 않고서는 사십만 대군이 패배할 리가 없습니다."

아빈의 얼굴이 일그러졌다.

"천신?"

"고서에 의하면 태문주는 신이라고 합니다. 그래서 모두들 천신이라 부른다고……."

"닥쳐라!"

이반이 버럭 노성을 터뜨리자 잠룡신장은 움찔했다.

"천하에서 천신이라고 불릴 만한 사람은 나 하나뿐이다."

"그렇습니다."

잠룡신장은 공손히 허리를 굽혔다.

그는 아첨하려고 인정한 것이 아니라, 정말로 천하에서 천신이라 불릴 사람은 이반뿐이라고 믿고 있기 때문이다. 그 정도로 이반은 대단한, 아니, 굉장한 존재다.

"그렇다면 태문주가 삼룡을 죽였다는 말이로군."

화룡신장과 탕룡신장, 마룡신장의 죽음을 일컫는 것이다.

"그런 것 같습니다."

이반은 뭔가 깊이 생각하느라 눈을 반개하면서 물었다.

"패가수는 어디에 있느냐?"

"현재 하남성 북부 지역을 지나 회군(回軍)하고 있는 중이라고 합니다."

이반은 잠시 침묵하면서 생각을 정리했다. 그는 손가락 끝으로 왼쪽 뺨의 가느다란 흉터를 어루만졌다.

천상조 상비에게 당한 상처다. 흉터를 만지는 것은 요즈음 새로 생긴 버릇이다.

잠룡신장은 이반의 책사(策士)지만 두뇌로는 도저히 이반을 따르지 못한다.

아니, 두뇌만이 아니라 그 무엇으로도 이반을 능가하는 것이 없었다. 이반은 완벽 그 자체다.

이윽고 이반의 생각이 끝났다. 그는 입가에 흐릿한 미소를 머금었다.

"패가수에게 전해라."

*　　　*　　　*

넓은 실내에는 기개세와 측근들이 모여 있다.

태사의에는 기개세가 의젓하게 앉았고, 그 옆에 아미가 다소곳이 서 있다.

기개세의 앞쪽 좌우에는 천검육신위와 천검사영, 유석이 보강된 육대명왕, 독고비와 천불십오숙, 옥마제, 혈마제, 적마제, 마도삼세의 우두머리들, 즉 마도육인(魔道六人), 그리고 천라대주인 나신효가 서로 마주 보는 자세로 시립하듯이 서 있었다.

원래는 천불십팔숙이었는데 낙양대전에서 세 명이 죽었기 때문에 지금은 천불십오숙이 되었다. 그리고 마도삼세의 우두머리 중에 마군림주도 죽어서 다른 인물이 마군림주로 대체되었다.

"낙양성 재건이 가장 시급한 일이다."

이윽고 기개세가 좌중을 둘러보며 말문을 열었다. 그는 유당환에게 시선을 주었다.

"천휘군주."

유당환은 즉시 허리를 굽혔다.

"천휘군과 성내의 방, 문파 사람들을 총동원하여 집을 잃은 성민들에게 집을 지어주도록 하라."

유당환의 얼굴에 순간적으로 난감한 기색이 스쳤다. 집을 짓는 데에는 여러 가지 재료가 필요한데 그중에서도 목재가 가장 많이 들어간다.

그런데 목재로 쓸 나무를 구할 길이 녹록하지 않은 것이다.

가장 가까운 곳인 숭산(嵩山)에는 목재로 쓸 만한 나무가 많지 않다.

반면에 서쪽의 건천산(乾千山)이나 웅이산(熊耳山)은 나무가 많기는 하지만 낙양성에서 오륙백여 리의 먼 거리라서 벤 나무를 낙양성까지 옮기는 것이 난관이다.

"명을 받듭니다."

그러나 유당환은 공손히 허리를 굽혔다. 난감한 일이지만 명령을 받들지 않을 수는 없기 때문이다.

"낙수의 중류가 건천산을 지나니까 벤 나무들을 낙수에 띄우면 저절로 낙양성에 도착할 것이다."

"아!"

그것 때문에 고심하고 있던 유당환은 기발한 방법에 놀라서 자신도 모르게 탄성을 터뜨렸다.

기개세는 막힘없이 말을 이었다.

"웅이산에서 베어낸 나무는 이수에 띄우면 될 것이고, 황하 북쪽 태행산(太行山)에서 벤 나무는 비수(泌水)나 단수(丹水)에 띄우면 되겠지."

서쪽에서 흘러오는 낙수와 이수는 낙양성을 지나고, 북쪽에서 남쪽으로 흘러내리는 비수와 단수는 황하와 합류한다. 그리고 황하는 낙양성 북쪽에서 십여 리밖에 되지 않는다.

"나무가 흩어지지 않도록 서로 연결하여 뗏목을 만들면 더 손쉬울 것이다."

기개세의 뛰어난 기지에 중인은 탄복을 금하지 못했다. 그런 방법은 아무도 생각하지 못했던 것이다.

"신효."

기개세의 부름에 육대명왕 끄트머리에 있던 나신효가 깜짝 놀라서 급히 허리를 굽혔다.

"하명하십시오."

"천검신문을 지을 장소를 물색해라."

느닷없는 명령에 나신효뿐만 아니라 모두들 적이 놀라는 표정을 지었다.

기개세는 오늘 아침에 천검육신위와 나신효에게 지난 일년 반 동안 중원에 어떤 변화가 있었는지에 대해서 자세히 보고를 받았다.

이후 그는 혼자서 한 시진 남짓 깊은 생각을 하면서 몇 가지 계획을 세웠다.

그 첫 번째가 최적의 장소에 천검신문을 세우겠다는 것이다.

지난 세월 동안 천검신문은 단 한 번도 문파를 세워본 적이 없다.

천검호문 중 한곳을 임시 진영으로 삼아 악의 세력을 물리쳤으며, 그 후에는 역사 속으로 조용히 사라져 갔었다.

그런데 기개세는 자신의 대에 이르러서야 비로소 천검신문을 한 군데에 정착시키려는 것이다.

이것은 개혁이다. 이천삼백여 년 동안 여덟 명의 천문주가 행하지 않았던 것을 기개세가 실행하려 하고 있다.

기개세의 명령에 나신효는 물론 모두들 바짝 긴장한 채 그를 주시했다.

그때 옥마제가 조심스럽게 입을 열었다.

"현재 낙양성을 재건하고 있는데 이참에 아예 이곳에 천검신문을 지으면 어떻겠습니까?"

옥마제는 과거에는 기개세에게 함부로 대했는데 그의 위상이 나날이 높아져서 현재에 이르자 저절로 굴신(屈身)하게 되었다.

옥마제의 물음에 옆에 있는 혈마제 춘몽이 요염한 목소리로 대신 대답했다.

"주군께선 아마 세 가지 이유 때문에 낙양성이 아닌 다른 곳에 천검신문을 세우시려는 것 같아요."

"세 가지 이유?"

이유가 세 가지씩이나 된다는 말에 중인 대부분은 고개를 갸웃거렸다.

옥마제나 적마제를 비롯한 몇 사람은 세 가지 이유 중에서 아예 하나도 모른다.

그리고 중인의 대부분은 하나, 혹은 둘까지는 알겠는데, 셋 모두를 아는 사람은 독고비와 나운상, 그리고 춘몽뿐이었다.

춘몽이 손가락 하나를 세우고 또랑또랑한 목소리로 말했다.

"첫째, 낙양 성민들에게 피해를 입히지 않으려는 것이에요."

옥마제가 알겠다는 듯 끄덕였다.

"그렇군."

"둘째, 지난번 싸움에서 우리는 낙양성민들을 보호하느라 발목이 잡혀서 제대로 싸우지 못했어요."

옥마제와 적마제가 이번에는 더 크게 끄덕였다.

"그래, 맞았어! 성민들을 보호하느라 대피호 근처에서 꼼짝하지 못하고 방어만 하니까 싸움이 제대로 될 게 뭔가!"

"세 번째는……."

독고비와 나운상을 제외한 모든 사람은 몹시 궁금한 표정으로 춘몽을 주시했다.

춘몽은 눈을 빛내면서 기개세를 바라보았다.

"세 번째는, 천검신문 전체 휘하 세력이 낙양성 전역 수십 군데에 뿔뿔이 흩어져 있어서 손발이 제대로 맞지 않는 것 때문이지요?"

학식도 없고 표현력도 별로인 춘몽이 두뇌가 탁월한 것은 정말 놀라운 일이다.

기개세는 엷은 미소를 지으며 끄덕였다.

"몽이 제대로 맞혔구나."

"호호훗! 이래 봬도 천첩이 천검신문의 사이비 모사(謀士)가 아닌가요?"

칭찬을 들은 춘몽은 허리를 꼬면서 풍만한 젖가슴을 출렁이며 간드러지게 웃었다.

"천검신문을 다른 지역에 세우려고 하는 이유가 한 가지 더 있어요."

그때 지금껏 사람들 앞에서 한마디도 하지 않던 아미가 조용히 말문을 열었다.

중인은 일제히 아미를 주시했다. 소옥군이나 나운상, 독고비하고는 완전히 다른 차원의 성결한 아름다움을 지닌 아미를 쳐다보는 중인은 지금이 어떤 상황인지를 잠시 잊은 듯한 표정을 지었다.

춘몽은 고개를 갸웃거리며 얼굴빛을 흐렸다.

"더 있어요? 그건 잘 모르겠군요."

아미는 화사한 미소를 지으며 독고비를 바라보았다.

"불도주는 알고 있을 것 같군요."

이번에는 중인의 시선이 독고비에게 집중되었다.

독고비는 흑백이 또렷한 눈을 깜빡거리고 나서 약간 자신 없는 표정으로 입을 열었다.

"지금보다 더 많은 세력을 보유할 수 있도록 천검신문을 큰 규모로 지으려는 것이 아닌가요? 그리고 중원의 서북쪽으로 치우친 낙양성보다는 좀 더 지리적으로 유리한 지역을 확보하려는 이유가 있을 것 같군요."

중인은 놀라고도 감탄한 표정을 지었다. 자신들은 그런 생각을 전혀 못했던 것이다.

독고비는 고개를 갸웃거리며 말을 이었다.

"그리고… 수륙(水陸)으로 사통팔달(四通八達)의 요충지이거나 아니면 반대로 접근이 어려운 깊은 오지에 천검신문을 세우려는 것이 아닌가 싶군요."

"과연 불도주로군요. 정확해요."

아미는 환하게 웃으면서 칭찬을 아끼지 않았다.

독고비는 조심스럽게 물었다.

"요충지인가요, 아니면 오지가 맞나요?"

"요충지예요."

독고비는 생각하는 표정으로 끄덕였다.

"그렇군요."

사실 기개세는 자신의 계획에 대해서 아미에게 한마디도 하지 않았다.

아니, 굳이 말하지 않아도 아미가 기개세의 생각을 모두 읽기 때문에 말해줄 필요가 없다.

하지만 아미가 독심술 같은 것으로 기개세의 마음을 읽는 것은 아니다.

현재 기개세는 그녀보다 더 고강해졌기 때문에 마음을 읽히지 않는다.

기개세와 아미는 영적(靈的)으로 통하는 존재가 되었다. 그것은 두 사람이 처음으로 부부의 정을 나눈 직후부터 가능해졌다.

그때부터 두 사람은 완벽한 일심동체(一心同體)가 됐던 것이다. 그것이 바로 천족끼리의 특성 중 하나다.

아미는 독고비를 바라보며 묘한 미소를 지었다. 온화하면서도 친근함을 나타내는 미소다.

독고비는 아미가 무엇 때문에 자신을 보면서 그런 미소를 짓는 것인지 의아했다.

그때 기개세가 맑은 목소리로 나신효에게 명령했다.

"신효, 잘 들었느냐?"

"그렇습니다."

"그런 곳을 찾아라."

"명을 받듭니다."

중인은 침묵하면서 기개세의 결정에 대해서 곰곰이 생각에 잠겼다.

중원의 사통팔달 요충지에 거대한 천검신문을 세운다는 것은 울제국의 공격을 두려워하지 않는다는 뜻이다.

또한 천검신문이 울제국과 전면전(全面戰)을 벌이겠다는 각오이기도 하다.

그것에 대해서 중인은 심중으로 복잡하게 찬성과 반대가 엇갈렸으나 아무도 이의를 제기하지 않았다.

다만 도기운이 한 가지 마음속으로 걸리는 것이 있어서 조심스레 입을 열었다.

"주군, 하오면 남경성은 어찌하면 좋겠습니까?"

기개세가 천문으로 떠났을 때, 독고비의 제안으로 천하에 흩어져 있는 천검신문 십오만 고수를 남경성으로 집결시켜서 그곳을 제이의 낙양성으로 만드는 일이 현재 암암리에 활발하게 진행되고 있는 중이다.

기개세는 대수롭지 않다는 듯 끄덕였다.

"그렇다면 남경성 근처에 천검신문을 세우면 되겠군."

그러자 모두의 얼굴에 감탄하는 표정이 가득 떠올랐다.

"아……!"

"과연……."

장강 하류에 위치한 남경성은 '남쪽의 황도' 라고 불릴 만큼 번화한 곳이다.

서쪽에서 동쪽으로 흐르는 장강이 남경성을 지나며, 또한 북경성에서 시작한 대운하가 남경성을 가로질러 남쪽으로 뻗어 있다.

전국시대 초(楚)나라가 도읍을 정한 이래로 동진(東晉), 송(宋), 양(梁), 진(陳)의 도읍이기도 했다.

그런 만큼 중원에서 최고로 문물이 번성하고 수륙이 사통팔달 원활한 지역이다.

그때 나신효가 눈을 빛내며 기개세에게 공손히 말했다.

"주군, 천검신문을 세울 장소는 남경성 바로 앞의 팔괘주(八卦州)가 최적지입니다."

기개세는 끄덕였다.

"팔괘주라……. 흠, 괜찮군."

남경성 북쪽 바로 앞으로 흐르는 장강 한복판에 떠 있는 섬이 바로 팔괘주다.

둘레 오십여 리의 거대한 섬이며, 섬의 서쪽에서 동쪽으로 일곱 개의 작은 샛강이 가로지르며 흘러 섬을 여덟 등분으로 나누어 놓아서 '팔괘' 라는 이름으로 불린다.

기개세는 도기운에게 명령했다.

"총군주는 나궁조, 담무혁, 우지화와 함께 남경성에 집결하고 있는 수하들을 이끌고 남경성을 중심으로 주변 오백여 리 일대를 장악하라."

천검육신위에서 기무군과 유당환을 제외한 네 명이 즉시 허리를 굽혔다.

"천명(天命)."

기무군은 천검육신위 중에서 자신에게만 임무를 주지 않자 기분이 이상해졌다.

그는 기개세가 자신을 다른 천검신위들하고 똑같이 대해 주기를 원한다.

그러나 기개세는 기무군에게는 시선도 주지 않고 이번에는 마도육인에게 명령했다.

"너희는 이곳의 세력을 남경성으로 빠르고도 안전하게 이동시키는 일을 맡는다."

마도육인은 자신들에게도 중임(重任)이 내려지자 기쁜 표정으로 허리를 굽혔다.

"천명!"

기개세의 명령은 계속 이어졌다.

"불도주."

"하명하세요."

"구대문파를 봉문(封門)하고 구대문파 전체를 이끌고 남경성으로 이동시켜라."

그러자 천불십오숙은 가볍게 움찔했다. 그러나 곧 올 것이 왔다는 표정을 지었다.

구대문파 중에서 등봉현 숭산에 있는 소림사만 낙양성하

고 오십여 리 거리에 있어서 안전한 상태다.

다른 팔대문파는 모두 울제국의 점령지에 있기 때문에 모든 활동을 중단한 채 사실상 봉문 상태에 들어갔다.

독고비는 팔대문파 장문인들에게 울제국에 저항하지 말고 기개세가 돌아올 때까지 은인자중(隱忍自重)하고 있으라고 명령해 두었다.

현재 울제국은 울고수와 군사들로 하여금 팔대문파를 감시하고 있다.

수상한 낌새만 보이면 즉시 공격해서 궤멸시키려는 것이다. 하지만 팔대문파는 그저 조용히 침묵만 지킬 뿐이다.

그렇기 때문에 울제국은 저항은 물론 어떤 꼬투리도 잡히고 있지 않은 팔대문파를 아무런 이유도 없이 우격다짐으로 공격할 수는 없는 것이다.

그런데 드디어 기개세의 명령이 떨어졌다. 이제 소림사를 비롯한 구대문파는 이 년여의 봉문을 깨고 힘차게 웅비할 시기가 도래했다.

"명을 받들어요."

독고비는 기개세에게 우아한 동작으로 절을 올렸다.

천검사영에게는 별다른 명령이 없었다. 그들은 기개세의 그림자라 항상 그의 근처에 머물러 있어야 하기 때문이다.

나운상은 우울한 표정으로 기개세를 바라보고 있었다.

어젯밤에 자정이 다 돼서 돌아온 기개세는 끝내 소옥군과 나운상, 소랑이 있는 방으로 오지 않고 아미와 함께 다른 방에서 잤다.

소옥군 등 기개세의 세 여자는 일 년 반 만에 기개세와의 동침을 학수고대하고 있었으나 뜻을 이루지 못해 크게 실망했다.

그녀들은 기개세의 품에 안겨서 한껏 사랑을 나누고 싶은 욕구가 간절했었다.

하지만 그보다는 그의 곁에서 그를 가까이 느끼면서 밀린 회포를 풀고 싶은 마음이 더 간절했다.

그런데 그런 마음을 아는지 모르는지 기개세는 세 여자 곁에는 얼씬도 하지 않았고, 줄곧 아미하고만 어울리면서 바깥 일에만 신경을 쓰고 있는 것이다.

실내에는 네 사람이 탁자에 마주 앉아 있다.

기개세와 아미가 나란히 앉았고, 맞은편에 기무군과 독고비가 기개세 쪽을 향해서 마주 보고 앉은 모습이다.

기무군과 독고비는 기개세가 왜 자신들을 불렀는지 궁금하면서도 긴장된 표정으로 앉아 있다.

두 사람에겐 공통점이 전혀 없으므로 같이 부름을 받을 일이 없기 때문이다.

단 하나 있다면, 독고비가 기개세의 정혼녀라는 사실을 두 사람만 알고 있다는 정도다.

그래서 두 사람은 혹시 기개세가 그것에 대해서 말하는 것이 아닌가 하고 그쪽으로 가능성을 점쳤다.

하지만 기개세의 입에서 나온 말은 전혀 뜻밖의 내용이다.

"너의 집이 악주냐?"

독고비는 약간 놀라는 표정을 지었다. 그녀의 집이 악주라는 사실은 구대문파 장문인들이나 천불십팔숙 정도만 알고 있는 일이기 때문이다.

"네."

"그곳에서 얼마나 살았느냐?"

"악주독고가는 수천 년의 역사를 지니고 있어요."

기개세는 가볍게 끄덕이더니 진중하게 물었다.

"너의 조상 중에 독고성이라는 분이 계시냐?"

그러자 독고비는 적잖이 놀라는 표정을 지었다.

"그걸 어떻게 아셨죠?"

독고(獨孤)라는 성씨는 매우 귀한 희성(稀姓)이다. 더구나 악주의 독고 씨는 손(孫)이 귀해서 수천 년 동안 대대로 오직 한 명의 아들만을 낳아 지금까지 이어져 왔다.

그런데 독고비 부친 대에 이르러 아들을 낳지 못하고 딸인 독고비를 낳아서 대가 끊어질 처지에 놓였다.

"그랬었구나."

기개세는 가볍게 끄덕였다. 그런데 그의 얼굴에는 감개무량함과 반가운 기색이 완연하게 떠올라 있었다.

　독고비는 기개세가 어떻게 해서 자신의 가문 구대조(九代祖)인 독고성을 알고 있는 것인지, 그리고 왜 지금 저런 묘한 표정을 짓는 것인지 몹시 궁금했으나 추호도 감을 잡지 못했다.

　문득 독고비는 아미를 쳐다보다가 눈을 크게 떴다. 아미는 한술 더 떠서 너무 반가운 나머지 눈물까지 글썽이고 있는 것이 아닌가.

　그러더니 아미는 두 손을 뻗어 독고비의 두 손을 덥석 거머잡았다.

　"아, 이런 곳에서 전대 문주의 후손을 만나다니 기뻐서 가슴이 터질 것만 같군요."

　"……."

　독고비는 놀라기보다는 어리둥절한 표정을 지었다.

　천족인 아미가 '전대 문주'라고 말하는 것은 천검신문의 전대 문주를 가리키는 것이다. 그렇다면 독고비가 '천족'이라는 뜻이다.

　가문에 대해서는 누구보다도 잘 알고 있다고 자부하고 있는 그녀다.

　그러나 가문에 전해 내려오는 족보나 구전(口傳)되어 내려오는 여러 설화에서도 독고 가문이 '천족'이라는 내용은 어디에도 없었다.

　"그게… 무슨 말씀이죠?"

독고비가 반신반의하는 표정으로 묻자 아미는 여전히 그녀의 손을 놓지 않은 채 설명했다.

"그대는 제팔대 태문주셨던 독고성의 후손이 틀림없어요."

비로소 독고비의 얼굴에 놀라움이 설핏 떠올랐다.

"구대조이신 독고성께서 천검신문의 제팔대 태문주셨다는 말인가요?"

"그래요. 나는 천문에서 그분을 직접 봤어요. 그리고 그분을 따라서 중원에 나와 악의 세력을 물리쳤었죠."

이번에는 독고비뿐만 아니라 기무군까지도 놀랐다. 불과 십칠팔 세로 보이는 아미가 삼백 년 전의 태문주를 모시고 중원에서 활약을 했다면 그녀의 나이가 삼백 살이 넘었다는 뜻이 아닌가.

아미는 기개세를 바라보았다.

"그리고 문주는 그분의 제자예요."

기개세는 빙그레 미소 지으며 독고비를 바라보았다.

"나는 오 년 전에 안휘성 구화산 깊은 곳에서 사부님을 처음 만났다."

독고비의 얼굴이 기쁨과 놀라움으로 물들었다.

"구대조께선 살아 계셨나요?"

아미가 삼백 년도 더 살았다는 사실 때문에 그런 물음이 자연스럽게 튀어나왔다.

기개세는 독고성을 그리워하듯 애잔한 표정을 지었다.

"그 당시에 사부님께선 이미 영면하신 상태였다. 나는 다만 사부님의 돌아가신 모습을 뵌 후에 그분의 유지를 받들었을 뿐이야."

독고비의 크고 서늘한 두 눈에 눈물이 가득 차올랐다.

"가문에 전해져 내려오는 말에 의하면, 구대조께선 이십이 세 때에 갑자기 실종되셔서 이후 한 번도 집에 돌아오지 않으셨다고 해요."

그 당시의 독고 가문은 학자 집안이었기 때문에 무림에서 벌어지는 일에는 귀를 닫고 있었다.

또한 그로부터 사십오 년이 지나서야 천하에 대혈풍이 휘몰아쳤으며 제팔대 천검신문 태문주, 즉 독고성이 출현했기에 그를 알아보는 사람은 아무도 없었다.

독고성은 이십 세에 혼인을 하여 아들 하나를 두었으나, 그가 실종된 이후 이십오 년 후에 부인이 죽었고 아들은 학자의 길을 걸었다.

기개세는 끄덕였다.

"사부님께선 세상에서 벌어지는 번거로운 일에 가족을 끌어들이고 싶지 않으셨던 게지."

독고비의 얼굴에 궁금한 표정이 떠올랐다.

"그런데 어떻게 소녀가 그분의 후손인 줄 알아봤나요?"

눈물을 그친 아미가 독고비의 손을 잡은 채 방그레 미소를 지었다.

"천족은 같은 천족을 한눈에 알아볼 수 있어요."

독고비는 눈을 동그랗게 뜨며 놀랐다.

"소녀가… 천족이라는 말인가요?"

아미는 하늘의 상제께서 태곳적에 이 땅에 인간을 만들고 그들을 교화하고 가르치느라 천신족 십오 인을 지상에 내려보냈다는 전설 같은 이야기를 해주었다.

"십오 인의 천신족은 하늘로 돌아가지 않고 지상에서 인간의 딸과 혼인하여 계속 살아왔어요. 오직 한 명의 자식만을 낳아 대를 이으며, 그들 중에 한 사람을 선택하여 천문주로 삼았던 것이에요."

"아……."

너무도 경이로운 사실에 독고비는 물론 기무군까지도 놀라움을 금치 못했다.

독고비는 두 손을 가슴에 모으고 상기된 얼굴로 중얼거렸다.

"소녀가 천족이라니 믿어지지 않아요."

"그대는 천족 중에서도 지배 계층인 천신족이에요. 상제께서도 천신족이죠."

"그런가요?"

독고비는 한동안 감격한 표정을 짓고 있다가 문득 조금 어두운 표정을 지었다.

"그런데 소녀가 딸이라서 독고 가문은 이제 맥이 끊어지게
되었군요."

아미가 의미있는 미소를 지었다.

"그렇지 않아요."

그녀는 우아한 미소를 지으며 기개세를 바라보았다.

"문주의 부인이 되면 대가 끊어지지 않을 거예요."

"……."

독고비는 눈을 화등잔만 하게 크게 뜨며 놀랐다. 그것은 전
혀 예상하지 못했던 말이다.

원래 기무군과 독고비의 부친 독고명(獨孤明)은 우연한 기
회에 자신들의 아들과 딸을 정혼시켰다. 자식들이 십팔 세가
되는 해에 혼인을 시키자는 약속이었다.

그러나 오랜 세월이 흐르면서 기무군은 독고명과 연락이
전혀 닿지 않게 되자 정혼이 이루어질 수 없을 것이라 여기고
단지 그것을 일상생활에서 기개세를 협박하는 도구로만 이용
했다.

그런데 정확하게 십팔 세 되는 해에 정혼녀인 독고비가 불
쑥 기무군을 찾아왔던 것이다.

그녀는 부친으로부터 '너의 배필은 기무군의 아들 기개세
이니 반드시 그를 찾아 혼인을 하라' 는 말을 귀에 딱지가 앉
을 정도로 들으면서 성장했다.

그렇기 때문에 정혼자인 기개세 이외의 다른 남자와 혼인

하는 것은 생각조차 해본 적이 없었다.

그렇게 우여곡절 끝에 이곳까지 오게 되었는데, 기개세에겐 이미 부인이나 다름이 없는 세 명의 여자가 있어서 독고비는 입도 벙긋하지 못한 채 벙어리 냉가슴만 앓고 있는 중이었다.

그래도 정혼자를 앞에 두고 언제까지나 미적거릴 수는 없어서 언젠가는 결판을 내리라 다짐하고 있는데 난데없이 아미가 먼저 그런 얘기를 꺼낸 것이다.

독고비가 보기에 기개세와 아미는 정혼에 대해서 모르고 있는 듯했다.

문득 독고비는 샐쭉한 표정을 지었다.

"소녀가 왜 문주의 부인이 되어야 하지요? 소녀가 문주의 자식을 낳는다고 해도 독고 가문을 잇는 것은 아니잖아요?"

그녀는 기개세를 보면서 말했으나 그는 팔짱을 낀 채 묵묵부답이고 아미가 대신 설명했다.

"그 옛날 십오 인의 천신족은 인간 세상에서 살기 위해서 독고 씨라던가 기 씨라는 성이 필요했지만, 말 그대로 그것은 인간의 성씨일 뿐이에요."

총명한 독고비는 알 듯 모를 듯한 표정을 지었다.

아미는 서두르지 않고 차근차근 설명했다.

"천신족은 그런 세속의 굴레에 얽매이지 않아요. 천신족은 단지 천신족일 뿐이에요."

“그렇지만……..”

독고비는 자신이 천신족이라는 사실이 아직도 잘 믿어지지 않았다.

그리고 그녀는 이렇듯 적선을 받는 것처럼 기개세의 부인이 되는 것보다는 정혼녀로서 떳떳하게 그의 부인이 되고 싶은 마음을 버리지 못했다.

그때 침묵하고 있던 기개세가 독고비를 쳐다보며 조용하게 말했다.

“나와 너 사이에 태어나게 될 아들을 다음 대 천문주로 삼을 생각이다.”

“……..”

독고비는 너무 놀라서 눈을 동그랗게 뜨고 입을 반쯤 벌린 채 기개세를 바라보았다.

기개세의 뒤를 이어 제십대 천검신문 천문주를 독고비의 아들로 정하겠다니 너무도 엄청난 말, 아니, 약속이다.

“그리고 너에게 잠재되어 있는 천신기혼(天神氣魂)을 일깨워서 천신족으로 부활시켜 주겠다.”

기개세의 말에 독고비는 더욱 놀랐다.

“소녀를 천신족으로 부활……..”

기개세는 시선을 독고비에게서 기무군으로 옮겼다.

“그리고 아버지도.”

기무군은 놀라지 않았다. 그는 조금 전에 하늘에서 지상으

로 강림한 십오 인의 천신족 얘기를 들었을 때 이미 혼비백산
했다.

천검신문의 천문주가 십오 인의 천신족 후손으로만 이어
진다면, 당금 천문주인 기개세를 낳은 기무군 자신도 천신족
이라는 뜻인 것이다.

기무군은 착 가라앉은 목소리로 입을 열었다.

"나도 천신족인 것이냐?"

"네."

기무군은 부리부리한 눈을 더욱 크게 뜨며 놀랐다. 자신이
천신족이라는 사실 때문이 아니라, 기개세가 생전 처음 존대
를 했기 때문이다.

"두 사람은 오늘부터 천신기혼을 일깨우고 천문의 절학을
익히도록 하십시오."

천문의 절학.

그 말은 독고비와 기무군의 마음을 뒤흔들었다.

第百四章

신삼별조(神三別組)

대사·부

　나운상은 기개세의 여자이기 전에 천검사영이다. 그래서 하루 종일 그의 근처에서 그림자처럼 호위하고 있다.

　그런데 지금 나운상의 마음은 꼬일 대로 꼬였으며 가슴이 갈가리 찢어지는 것만 같다.

　기개세가 아미와 함께 독고비를 데리고 침실로 들어가는 것을 확인했기 때문이다.

　천문으로 떠난 지 일 년 반 만에 돌아온 기개세가 천문에서 얻은 새 부인인 천족 아미와 한 몸처럼 붙어서 지내느라 예전의 세 여자를 외면하더니, 이제는 생각지도 않았던 독고비를 침실로 데리고 들어간 것이다.

‘도대체 무엇 때문에…….’

기개세와 아미, 독고비가 있는 침실 창밖에 서 있는 나운상은 비통한 심정으로 내심 중얼거렸다.

나운상은 기개세가 미웠다. 하지만 지척에 있으면서도 함께하지 못하는 그리움과 안타까움이 더 사무쳐서 미워할 겨를도 없다.

그녀는 소옥군과 함께 올제국 태자 아빈에게 납치되어 가다가 기개세에게 구출되었을 때 그것이 현실이 아니라 꿈을 꾸고 있는 것처럼 기뻤었다.

하지만 그것이 전부였다. 이후 그녀와 소옥군, 소랑은 기개세와 사적으로 한 번도 만나지 못했다.

나운상은 기개세가 독고비와 동침을 할 것이라고 예상하지만 어째서 그렇게 되었는지는 모른다.

알고 싶지도 않다. 그저 가슴속에서 질투와 그리움이 뒤섞여서 소용돌이치고 있을 뿐이다.

그렇다고 그녀가 나서서 훼방을 놓을 수도 없다. 기개세는 남편이기 전에 너무도 엄청난 존재이기 때문이다. 그가 태양이라면 그녀는 촛불 같은 존재에 불과할 뿐이다.

그녀는 입술을 꼭 깨문 채 창밖을 떠나 빠른 걸음으로 그곳을 벗어났다.

그곳에 있으면 필경 기개세와 독고비, 어쩌면 아미까지 세 사람이 한 덩어리가 되어 격렬하게 정사를 나누는 소리를 똑똑히 듣게 될 것이다.

그것을 참으면서까지 기개세를 호위할 정도로 그녀는 너그러운 성격이 아니다.

독고비가 천신기혼을 되찾으려면 두 가지 방법이 있다.

하나는 천문의 특별한 대법을 전개하여 일정 기간 동안 운공조식을 하는 것이다. 빠르면 서너 달, 늦으면 일 년 이상이 걸릴 수도 있다.

또 다른 방법은 같은 천신족이나 천족의 이성과 동침을 하는 것이다.

그렇게 하면 단 한 번 몸을 섞는 것만으로 천신기혼을 회복하여 천신족으로 부활하게 된다.

천신기혼이 상대의 체내로 들어가서 잠들어 있던 천신기혼을 깨우는 이치다.

기개세는 아미와 단 한 번 동침해서 천신기혼을 회복하여 천신족의 모든 능력을 갖추게 되었다.

지금 기개세는 독고비와 동침하여 그녀에게 천신기혼을 회복시켜 주려는 것이다.

기개세는 천검육신위와 나신효에게 당금 천하의 정세에 대해서 자세히 들었다.

그 결과 울제국과의 싸움이 결코 만만하지 않을 것이라는 결론을 내렸다.

　그가 천신족이고 또 태문주의 지위에 올랐으며, 천족 오십 명을 이끌고 왔다고 해서 울제국이 저절로 붕괴하는 것은 아니다.

　지금 상황은 천검신문이 너무도 불리하다. 냉철하게 분석해 봤을 때, 그가 전력을 다한다고 해도 이 땅에서 울제국을 쫓아내는 일은 가능성이 희박하다.

　울제국은 상상했던 것보다 너무나 거대한 세력이다.

　또한 시기가 너무 늦었다. 삼황사벌이 중원에 침공했을 당시에 맞이해서 싸우는 것과 이미 중원을 점령하여 자리를 잡고 난 후에 싸우는 것은 큰 차이가 있다.

　천검신문의 세력은 기개세와 아미, 그리고 오십 인의 천족을 주축으로 낙양성의 삼만여 명과 남경성에 집결하고 있는 십오만여 명이 전부다.

　구대문파의 고수들이 모인다면 만오천에서 이만 정도가 더 불어나는 정도다. 그래 봐야 도합 이십만이다.

　더구나 울제국이 중원 천하를 완벽하게 장악하고 있기 때문에 천검신문은 행동에 큰 제약을 받고 있다.

　이런 상황에서 천족이 한 명이라도 더 생기는 것은 큰 힘이 되어줄 것이다.

　더구나 독고비와 기무군은 천신족이다. 두 사람이 천신기혼을 회복하고 천문의 절학을 연마하게 된다면 적군 천 명 이상을 상대하고도 남을 것이다.

독고비는 침상 가에 다소곳이 서서 고개를 푹 숙인 채 옷자락을 만지작거리고 있다.

그녀는 이 방에 들어오기 전에 아미에게 천신기혼을 되찾는 두 가지 방법에 대해서 설명을 들었다.

그리고는 잠시 생각한 후에 기개세와 몸을 섞는 방법을 스스로 선택했다.

매우 낯 뜨거운 선택이지만, 어차피 그녀는 기개세의 정혼녀로서 언젠가는 그의 부인이 되겠다고 결심했었다.

그리고 그와의 사이에서 아들을 낳아 다음 대 천문주로 삼겠다는 약속을 받기도 했다.

그러므로 지금 그와 동침을 하는 것은 추호도 이상하거나 부끄러운 일이 아닌 것이다.

이론적으로는 그런데도 독고비의 마음은 그러지 못했다. 매사에 거침없고 총명하며 독불장군인 그녀지만, 정사를 앞둔 지금의 상황에서는 단지 한 사람의 여성일 뿐이다.

독고비가 우두커니 서 있는 동안 천문에서 오랫동안 기개세를 보필해 온 아미는 정성껏 침상의 잠자리를 손봐주었다.

자신이 잘 잠자리가 아닌, 기개세와 독고비의 잠자리인데도 그녀는 질투를 하거나 샘을 내지 않았다.

이어서 아미는 침상 곁에 우뚝 서 있는 기개세의 옷을 한 올씩 우아한 손길로 벗겨서 잠시 후에 나신으로 만들었다.

독고비는 자신의 두 걸음 앞에 전라의 몸으로 당당하게 우뚝 서 있는 기개세를 보고는 화들짝 놀라서 황급히 고개를 푹 숙였다.

삭.

그때 아미가 그녀의 뒤에 서서 어깨에 손을 얹으며 속삭이듯 말했다.

"문주를 똑똑히 보세요. 이제부터는 그대가 목숨으로 받들어 모셔야 할 지아비예요."

그 말에 독고비는 천천히 고개를 들고 기개세를 바라보았다.

얼굴이 빨개지고 심장이 미친 듯이 쿵쾅거렸다.

그러나 그녀는 곧 눈을 크게 뜨면서 얼굴 가득 감탄 어린 표정을 떠올렸다.

독고비는 여태껏 남자의 완전한 나신을 한 번도 본 적이 없지만, 무더운 여름철에 남자들이 웃통을 벗어던지고 짧은 바지 하나만을 걸친 채 거리를 활보하는 광경은 여러 차례 본 적이 있다.

그때 본 남자들의 몸은 각양각색이었다. 마르거나 뚱뚱하거나 적당히 균형 잡힌 근육질의 몸 등이었다.

그러나 맹세코 지금 그녀가 보고 있는 기개세의 나신 같은 몸은 한 번도 본 적이 없다.

남녀를 불문하고 기개세의 나신은 너무도 완벽했다. 옷을 입고 있을 때에는 약간 마른 듯한 체격이었으나, 막상 벗은 몸은 온몸 구석구석 쓸모없을 듯한 근육까지 최고도로 발달되어 있는 모습이다.

딱 벌어진 어깨와 잘록한 허리, 보통 사람들보다 한 뼘 이상 긴 두 팔과 껑충 긴 두 다리, 더 이상 완벽할 수 없는 이상적인 체형이었다.

문득 독고비의 시선이 자신도 모르게 이끌리듯 기개세의 사타구니로 향했다.

거기에는 그녀가 난생처음 보는 남자의 상징이 굳건하게 매달려 있었다.

순간 그녀는 온몸의 피가 얼굴로 확 몰리는 것을 느꼈고, 심장이 터질 것처럼 미친 듯이 두근거렸다.

흡사 그녀의 팔 하나가 거기에 달려 있는 듯한 크기며 모습이었다.

저것이 자신의 작디작은 옥문 속으로 어떻게 다 들어갈 수 있을지 겁이 더럭 났다.

그러면서도 왠지 모를 전율과 희열이 온몸을 엄습하는가 싶더니 갑자기 옥문이 찌르르 하면서 옴찔거렸다. 그것은 생전 처음 느끼는 괴이쩍은 기분이었다.

그때 뒤에 서 있던 아미가 그녀의 옷을 벗기기 시작했다.

그녀는 화들짝 놀랐으나 항거하지 않고 가만히 서서 아미가 하는 대로 몸을 내맡겼다.

사륵… 사륵…….

아득히 먼 곳에서 들려오는 듯한 작은 소리와 함께 독고비의 몸에서 옷이 한 겹씩 벗겨져 바닥에 흘러내렸다.

너무나도 부끄러워서 온몸이 오그라드는 것만 같았다.

그런데 상의와 하의가 차례로 벗겨지고, 마침내 젖 가리개와 속곳까지 다 벗겨지자 오히려 그녀는 부끄러움이 점차 사라지는 것을 느꼈다.

"그럼 소녀는 나가 있겠어요."

독고비의 옷을 벗겨준 아미가 그녀의 뒤에서 고즈넉이 말하고는 사박사박 걸어서 방을 나갔다.

실내 침상 옆에는 전라의 기개세와 독고비만 서로 마주 보며 서 있었다.

독고비는 처음처럼 죽을 듯이 부끄럽지는 않았다. 자신은 이미 기개세의 여자라고 생각하고 있기 때문이다.

소옥군의 나신은 고결하고 우아하며 높은 품격을 지니고 있다. 반면에 나운상은 야생마 같은 탄력을 지니고 있으며, 소랑은 자그마하면서도 깨물어 먹어도 비리지 않을 듯한 소박함과 귀여움을 지니고 있다.

그런데 독고비는 세 여자의 장점을 두루 다 갖추어놓은 듯했다.

소옥군의 우아함과 나운상의 건강미, 그리고 소랑의 소박함을 다 지니고 있는 나신이다.

“……!”

그때 독고비의 눈이 커졌다. 그녀의 시선이 멈춘 곳은 기개세의 음경인데, 그것이 갑자기 점점 커지고 있는 것을 발견했기 때문이다.

갑자기 공포심이 확 몰려왔다. 저것에 찔리면 죽을 것이라는 생각이 든 것이다.

어찌 저렇게 굵고 긴 것에 찔리고도 살아남기를 바랄 수 있다는 말인가.

그때 기개세가 성큼 그녀를 향해 다가들었다.

그러자 그녀는 자신도 모르게 주춤 뒤로 물러섰다. 그것은 치명적인 무기를 지닌 암살자로부터 자신을 보호하려는 본능적인 반응이다.

그런데 기개세는 더 빠르게 다가오더니 두 손으로 독고비의 허리를 덥석 안아버렸다.

“아…….”

그녀의 입에서 부지중 겁에 질린 탄성이 흘러나왔다.

그녀는 본능적으로 상체를 뒤로 활처럼 젖혔다. 하지만 하체는 기개세와 찰싹 밀착되어 있는 상태다.

생전 처음 느끼는 이물감이 그녀의 옥문에 전해졌다. 그 치명적인 무기, 아니, 흉기가 개방을 요구하듯 쿡쿡 찌르기 시작한 것이다.

그녀는 궁둥이를 뒤로 뺏으나 허리가 잡혀 있는데다 음경이 너무 커서 별 효과가 없었다.

슥.

기개세의 커다란 손이 독고비의 정말로 크고 탐스러운 젖가슴을 덥석 잡았다.

"흑!"

그녀는 자신도 모르게 헛바람을 들이켜며 몸을 최대한 움츠렸다.

기개세의 손이 젖가슴을 부드럽게 주무르다가 손가락 끝으로 유두를 살짝 비틀었다.

"아⋯⋯."

독고비의 입에서 떨리는 탄성이 흘러나왔다. 신기한 일이다. 단지 젖가슴을 만지고 유두를 비틀었을 뿐인데 어째서 온몸이 찌릿찌릿하다는 말인가.

그때 기개세가 한 손으로 독고비의 뒷머리를 잡더니 앞으로 당기면서 자신의 입술을 그녀의 입술로 가져갔다.

공포심이 몰려올 것 같았는데, 어찌 된 일인지 독고비는 사르르 눈을 감았다.

두 개의 크고 작은 입술이 합쳐지고, 독고비의 촉촉한 혀가 기개세의 입속으로 온통 빨려들어 가서 거칠게 유린당하기 시작했다.

그리고 언제인지 모르게 독고비의 두 팔은 기개세의 등을 힘껏 끌어안고 있었다.

그리고 그녀는 더 이상 궁둥이를 뒤로 빼지 않고 오히려 앞
으로 나아가면서 비틀어대고 있었다.

온몸이 활화산처럼 뜨거워지고 입 안이 바싹바싹 타들어
갈 때쯤, 그녀는 그 흉측한 흉기에 찔리고 싶은 마음이 너무
도 간절해졌다.

*　　　*　　　*

신삼별조(神三別組).

이 괴이한 이름은 울제국 태자 이반이 직속으로 거느리고
있는 특수조직이다.

수라쾌별(修羅快別).

지옥잔별(地獄殘別).

무한겁별(無限劫別).

각 천 명씩으로 구성된 신삼별조는 삼황사벌이 중원을 침
공할 때에도 모습을 드러내지 않았었다.

구태여 그럴 필요가 없었기 때문이다. 신삼별조의 힘을 보
태지 않고서도 삼황사벌은 능히 중원을 정벌하여 울제국을
세울 수가 있었다.

태자 이반은 신삼별조를 절대적으로 신뢰했다. 그들이 발
동되면 이루지 못할 일이 없다고 확신한다.

낙양대전이 울제국의 대패로 끝났다는 보고가 태자 이반

의 귀에 전해진 다음날.

　수라쾌별 천 명 중에 수라십별(修羅十別) 백 명이 자금성을 출발하여 서쪽으로 향했다.

　그들의 목적지는 낙양성이다.

＊　　　＊　　　＊

　천라대 고수 두 명이 그들을 발견한 곳은 개봉성 북쪽 백오십여 리 지점에 위치한 연진현(延津縣) 근처다.

　그 일대를 순찰하고 있던 두 명의 천라대 고수는 너무 놀라서 미처 숨을 생각도 하지 못하고 우두커니 서서 그 광경을 쳐다보았다.

　두 사람이 발견한 것은 꼬리를 물고 끝없이 이어지고 있는 울고수들과 울군사들의 행렬이었다.

　그들은 모습을 감추려 들지도 않고 드넓은 평야를 가로질러 남쪽으로 향하고 있었다.

　천라대 고수는 그들이 낙양대전에서 패한 후 낙양성 북쪽으로 도주하여 하남성 북쪽을 휘돌아서 북경성으로 향하던 패주군(敗走軍) 십칠만여 명이라는 사실을 깨달았다.

　왜냐하면 그들 중에서 부상자의 모습이 눈에 많이 띄었기 때문이다.

　그런데 그들이 어떻게 갑자기 개봉성 북쪽 백오십여 리 지점에 불쑥 나타난 것인지 모를 일이다.

울제국 패주군이 원래 이동하고 있던 곳은 이곳으로부터 이백여 리나 북쪽이다.

그리고 그들의 동향은 천라대 고수들이 최대한 밀착하여 감시하고 있는 중이다. 그런데 이곳에 불쑥 나타나다니 실로 귀신이 곡할 노릇이다.

천라대 고수 두 명은 패주군이 향하고 있는 곳이 개봉성일 것이라고 직감했다.

지금 패주군은 소풍 삼아서 개봉성으로 향하고 있는 것이 아닐 것이다.

천라대 고수 두 명은 뒤늦게 정신을 차리고 급히 근처의 은밀한 곳에 몸을 숨겼다.

이어서 그중 한 명이 익숙한 솜씨로 휴대용 지필묵을 꺼내 서찰을 적기 시작했으며, 다른 한 명은 등에 지고 있던 구함(鳩函:비둘기통)에서 전서구를 꺼냈다.

하지만 서찰을 다 적기도 전에 두 사람은 소스라치게 놀라고 말았다.

어느새 전후좌우 오 장 거리까지 접근한 울고수 수십 명이 빠르게 포위망을 좁혀오고 있는 광경을 발견한 것이다.

두 명의 천라대 고수는 그제야 울제국 패주군이 남하하고 있는 것이 어째서 발각되지 않았는지를 깨달았다.

패주군은 자신들을 감시하고 있는 천라대 고수들을 이 잡듯이 찾아내서 모두 죽여 버렸던 것이다.

쐐애액! 쉬이익!

울고수 수십 명이 일제히 공격해 오자 두 명의 천라대 고수
는 벌떡 일어나 검을 뽑아 들었다.

그 과정에서 전서구를 쥐고 있던 고수가 전서구를 힘껏 하
늘로 날려 보냈다.

물론 전서구의 발목에 묶여 있는 대롱에는 서찰이 들어 있
지 않은 상태다.

＊　　　＊　　　＊

"하아아… 하아……."

땀에 흠뻑 젖은 독고비는 두 팔로 기개세의 등을 꼭 끌어안
고 두 다리로는 그의 허리를 힘주어 끌어안은 채 가쁜 숨을
몰아쉬었다.

아무리 힘들게 무공 연마를 했어도, 낙양대전 때 그토록 처
절하게 싸웠어도 지금처럼 심장이 터질 듯이 숨이 차고 힘들
지는 않았다.

그런데 그토록 힘이 들면서도 반면에 기분은 뭐라고 표현
할 수 없을 정도로 좋았다.

기진맥진 녹초가 된 상태에서도 온몸이 녹아버리는 것처
럼 황홀했다.

최초에 순결을 잃을 때에는 그저 무섭고 고통스럽기만 했는데, 회를 거듭할수록 쾌감과 황홀감이 더해갔다.

이제 그녀는 지금의 이 쾌감과 황홀감을 인간이 맛볼 수 있는 가장 극상의 것이라고 서슴없이 말할 수 있게 되었다.

몸을 섞기 전에는 두렵기만 했으나, 지금은 그 거대한 흉기가 한없이 사랑스럽게 여겨졌다.

지금도 그것은 그녀의 몸 깊은 곳에서 뜨겁게, 그리고 힘차게 꿈틀거리고 있는 중이다.

"하아아… 하아……."

그러나 그런 기분하고는 달리 그녀의 땀에 흠뻑 젖고 극도로 지친 모습은 기개세의 눈에 애처롭게만 보였다.

기개세는 몸을 일으키면서 부드럽게 말했다.

"이제 그만 쉬어라."

"싫어요!"

순간 독고비는 자신이 듣기에도 놀랄 만큼 큰 소리로 외치면서 두 손으로 기개세의 엉덩이를 힘껏 끌어안았다.

그리고는 자세를 바꾸어 이번에는 자신이 그의 몸 위로 올라갔다.

소옥군과 나운상, 소랑은 언제나처럼 한 침상에서 서로를 꼭 안은 채 깊이 잠들어 있다.

기개세에 의해서 길들여진 그녀들은 그와 첫날밤을 보냈

을 때 처음으로 알몸이 되어 서로 부대끼면서 그의 사랑을 흠
씬 받았었다.

단 하룻밤뿐이었으나, 그날 이후 세 여자는 잘 때 꼭 알몸
으로 서로를 부둥켜안고 자는 습관이 생겼다.

그것은 기개세를 향한 그녀들의 사랑의 방증이며 어떤 숭
고한 의식 같은 의미를 지니고 있다.

오늘 밤은 여느 날하고는 다른 밤이다. 기개세가 집에 돌아
온 지 이틀째가 되는 밤이며, 이날 밤마저도 기개세가 그녀들
을 찾지 않은 밤이기도 하다.

천검사영의 일원으로 주군을 호위해야 할 임무를 저버린
채 침실도 돌아온 나운상은 소옥군과 소랑에게 아무 말도 하
지 않았다.

자신도 이렇게 가슴이 아픈데, 두 여자에게 기개세가 독고
비를 데리고 다른 침실로 들어갔다는 말을 하는 것은 형벌이
나 다름이 없다는 생각이 들었기 때문이다.

소옥군과 소랑은 오늘 밤도 기개세가 자신들을 찾지 않았
다는 아쉬움을 안고, 나운상은 거기에 질투심과 배신감까지
더한 쓰라린 가슴을 달래면서 잠이 들었다.

제일 작은 소랑이 가운데에서 자고, 양쪽에서 소옥군과 나
운상이 보호하듯이 소랑 쪽을 향해 옆으로 누워서 자고 있는
형태다.

스…….

그때 하나의 손이 소옥군의 풍만하고 보드라운 둔부를 슬며시 쓰다듬었다.

그녀는 그것이 꿈이라고 여겼다. 너무도 익숙한 손길이며 그리운 체온이 전해졌다.

그 손길은 둔부에서 아래로 미끄러지더니 계곡 사이 은밀한 곳을 더듬으며 애무했다.

'아……'

꿈이지만 너무 기분이 좋아서 그녀는 꿈속에서 탄성을 흘리며 몸을 꿈틀거렸다.

"……!"

그때 무엇인가 굉장한 느낌이 그녀의 눈을 번쩍 뜨게 만들었고, 뜨거운 물을 끼얹은 것처럼 정신이 들었다.

그것은 엄청난 고통이고 아픔이었다. 뒤돌아 누워 있는 그녀의 계곡 사이를 뚫고 거침없이 밀고 들어오는 그것은 또한 끝없는 목마름에 대한 해갈(解渴)이기도 했다.

꿈에서 현실로 돌아온 지 촌각도 지나지 않았지만, 소옥군은 한순간에 모든 것을 깨달았다.

지금 자신의 몸속으로 거침없이 들어오고 있는 것은 그리운 님의 사랑이라는 것.

자신의 젖가슴을 터질 듯이 움켜쥐고 있는 것은 보고픈 님의 정열이라는 것.

자신의 가녀린 몸이 편안하게 폭 안겨져 있는 이 넓은 가슴은 마지막 숨이 끊어질 때까지라도 사랑하고픈 님의 자비로움이라는 것.

"아아… 대가……."

돌아누울 수 없는 자세가 돼버린 소옥군은 팔을 들어 뒤에 있는 기개세의 머리를 안았다.

"보고 싶었다, 군아."

그녀의 귀에 바싹 대어진 기개세의 입에서 뜨겁고도 끈끈한 속삭임이 새어 나왔다.

두 사람의 대화에 소랑과 나운상도 잠에서 깨어 기개세가 찾아왔다는 사실을 깨달았다. 그녀들은 기개세 쪽으로 돌아누워 하염없이 눈물을 흘렸다.

기개세는 긴 팔을 뻗어 소랑과 나운상을 한꺼번에 힘껏 끌어안았다.

*   *   *

"아직도 아무런 연락이 없느냐?"

나신효의 목소리는 조금 전보다 더 날카로워졌다.

낙성검가 뒤편에 위치한 이 전각은 천라각(天羅閣)이라는 이름을 지었다.

지금 회의실의 긴 탁자의 상석에는 대주 나신효가, 그리고 양쪽에는 천라대 간부급 십여 명이 마주 보고 앉아 있다. 그런데 모두의 안색이 매우 어둡고 무거웠다.

나신효는 기개세로부터 천라대를 창설하라는 명령을 받은 이후 지난 일 년 반 동안 조직을 키워서 현재 휘하에 십부(十府), 백당(百堂)을 두고 있으며, 전체 세력은 삼천여 명에 달하는 방대한 규모로 키웠다.

지금 이곳에 모여 있는 열한 명은 천라대주인 나신효를 비롯한 십부의 부주들이다.

"없습니다."

나신효로부터 왼쪽 세 번째 인물, 즉 육부주가 어두운 안색으로 조심스럽게 대답했다.

이곳의 십부주는 천하를 십 등분하여 한 개씩의 지역을 담당하고 있는데, 방금 육부주는 하남성을 관할하고 있다.

나신효는 짙은 눈썹을 찌푸리면서 중얼거렸다.

"도주하고 있는 울제국 고수와 군사들을 추적, 감시하는 수하들에게서 연락이 끊어져서 어떻게 된 일인지 알아보라고 보낸 수하들까지도 아무 보고가 없다니, 도대체 이것을 어떻게 이해해야 한다는 말이냐?"

천라대 고수들은 하나같이 미행과 감시를 위해서 특수한 수련을 고도로 연마한 사람들이다.

그들은 무공도 무공이려니와 경공과 추적술, 은둔술 따위에 능통해서 여간해서는 발각되지 않는다.

더구나 상대는 낙양대전에서 대패한 후 크게 전의가 상실

되어 도주하고 있는 무리다.

자고로 도주하기에도 바쁜 무리가 추적, 감시하는 고수들을 일일이 찾아내서 죽이는 예는 극히 드물다.

그런데 도주하는 울제국 고수와 군사들을 추적, 감시하라고 보낸 백 명의 고수에게서 얼마 전부터 모든 보고가 완전히 끊어져 버렸다.

그뿐만 아니라 그것이 어떻게 된 일인지 알아보라고 보낸 고수들에게서도 이제껏 아무런 연락이 없다.

그렇기 때문에 지금 나신효와 십부주들이 아연 긴장하여 머리를 맞대고 있는 것이다.

밤새 켜놓은 탁자 위의 촛불이 다 타서 깜빡거렸으며, 창틈으로는 부윰한 아침 햇살이 스며들고 있었다. 이들은 이곳에서 밤을 꼬박 새운 것이다.

질식할 것만 같은 침묵이 실내에 자욱하게 내려앉았다.

이곳에 있는 열한 명은 모두들 머릿속으로 무수한 가능성을 생각하느라 입을 굳게 다문 채 이마와 목에 힘줄과 핏줄만 불끈거렸다.

왈칵!

그때 문이 거칠게 열리고 한 명의 남의경장인이 구르듯이 달려들어 왔다.

실내의 열한 명은 들어서는 사람이 육부의 제일당주라는 사실을 잘 알기에 괜히 가슴이 서늘해졌다. 일당주가 급히 들어서는 모양이 심상치 않기 때문이다.

과연 열한 명의 불길함은 적중했다.

들어선 육부 일당주는 갖고 들어온 구함에서 한 마리 전서 구를 꺼내 탁자에 내려놓으며 보고했다.

"방금 전에 이 전서구가 도착했는데 전통(傳筒:발에 매달린 서찰통)에는 아무것도 들어 있지 않았습니다."

모두의 시선이 전서구에게 집중되었다.

울지 못하도록 입에 끈이 묶여 있는 전서구의 목에는 녹색 고리가 둘러져 있었다.

그리고 그 고리에는 '육. 삼. 이'라는 세 개의 숫자가 적혀 있었다.

그것은 이 전서구가 천라대 육부 휘하 삼당 이단(二壇) 소 속이라는 뜻이다.

육부주가 전서구의 고리를 살피더니 굳은 얼굴로 나신효 에게 보고했다.

"대주, 삼당 이단이면 개봉성에서 북쪽 이백여 리 일대를 정찰하는 임무를 띠고 있습니다."

나신효는 눈을 부릅뜨고 눈동자를 빠르게 굴렸다. 그의 머 릿속에서 어떤 상황이 정리되기 시작했다.

'만약 놈들이 도주를 멈추고 방향을 바꿔 남하, 개봉성을 급습하는 것이라면?'

그것은 말도 안 되는 추측, 아니, 억측이다.

하지만 이따금 그런 말도 되지 않는 억측을 무시했다가 재앙을 부르는 경우가 생기기도 한다는 것을 나신효는 잘 알고 있다.

나신효는 잠시 손가락으로 탁자를 두드리면서 온 얼굴을 찌푸린 채 생각에 잠겼다가 이윽고 벌떡 일어나며 속으로 중얼거렸다.

'제궤의혈(堤潰蟻穴)일 수도 있는 법.'

거대한 제방도 개미구멍으로 인하여 무너질 수 있는 법이라는 뜻이다.

第百五章
패주군(敗走軍)의 습격

대사부

　잠이 덜 깬 독고비는 눈을 뜨지 않은 채 혼곤한 상태에서 손을 더듬거렸다.

　그러자 곧 너무도 매끄럽고 따스한 감촉이 손에 느껴졌다. 그녀는 그것이 기개세의 살결이라고 생각했다.

　그녀는 눈을 뜨지 않은 채 기개세의 살결을 매만지면서 지난밤의 뜨겁고도 격렬했던 몇 차례의 정사를 떠올렸다.

　그랬더니 다시금 몸이 확 달아오르며 뜨거워졌다. 그러면서 부끄러움이 몰려들었다.

　그녀는 기개세의 품으로 파고들며 손을 그의 하체로 미끄러뜨렸다.

그런데 무성한 거웃만 만져질 뿐이지 손에 쥐어지는 것이 없었다.

굵고 튼실한 그 무엇을 손안에 가득 잡게 될 것이라고 기대했던 독고비는 조금 더 신경을 써서 더듬거렸다.

'이것은?

그래도 잡히지 않았다. 그 대신 손에 익숙한 그 무엇이 만져졌다. 그것은 독고비 자신에게도 있는 것이었다.

"앗!"

화들짝 놀라서 벌떡 일어나 앉은 그녀의 눈앞에는 전혀 상상하지 못했던 사람이 누워 있었다.

눈이 부서서 멀어버릴 것만 같은, 그래서 희디희고 투명한 백옥 같은 나신이 거기에 누워 있었다.

분명히 기개세는 아니다. 그는 이처럼 가녀리고 눈부신 백옥 같은 몸을 지니지 않았다.

독고비의 시선이 나신의 위로 향하더니 비로소 그녀가 아미라는 사실을 깨달았다.

기개세는 어디로 가고 대신 아미가 나신으로 반듯하게 누워서 자고 있었던 것이다.

그렇다면 독고비는 여태껏 아미를 기개세로 여기고 안고 잤던 것이다.

독고비는 아미가 눈을 감고 있다는 것을 확인하고는 조심스럽게 그녀의 나신을 구석구석 살펴보았다.

'아…….'

이윽고 독고비는 신음 같은 찬탄을 흘리고 말았다.

이 세상에 존재하는 삼라만상 중에서 가장 아름답고 완벽한 것이 있다면, 지금 이 순간 그녀는 아미의 나신이라고 서슴없이 말할 수 있다. 그래서 그녀는 자신이 한없이 초라하게만 여겨졌다.

"이제 다 봤어요?"

"앗!"

그때 아미가 갑자기 눈을 감은 채 나직이 말하자 독고비는 화들짝 놀라고 말았다.

아미는 뭐라고 설명할 수 없을 만큼 아름다운 두 눈을 사르르 뜨고 독고비를 바라보며 배시시 미소 지었다.

"간밤에 피곤했을 텐데 조금 더 자요."

이어서 아미는 놀라고 있는 독고비에게 손을 뻗어 잡아당겨서 눕게 하고는 마주 보는 자세로 꼭 안아주었다.

독고비는 기개세의 품에 안겼을 때하고는 또 다른 이상한 긴장감 때문에 가슴이 마구 콩닥거렸다.

소옥군과 나운상, 소랑은 밤새 한숨도 자지 못하고 동이 트기 직전에야 잠을 자기 시작했다.

일 년 반 전 첫날밤 때에는 기개세가 세 여자를 못 자게 괴롭혔지만, 지난밤에는 세 여자가 기개세 하나를 갖고 달달 볶

왔다.

이제 세 여자의 기개세에 대한 오해와 원망은 말끔히 사라
져 버렸다.

그렇다고 기개세가 구구절절이 해명이나 변명을 늘어놓은
것은 아니다.

그가 한 일은 그저 묵묵히 세 여자를 골고루 흠씬 사랑해
준 것이 전부다.

그것뿐이지만 해명은 필요하지 않았고, 오해는 씻은 듯이
사라졌다.

아니, 여자들은 이렇게 자신들을 힘껏 사랑해 주고 기쁘게
해주는 기개세를 어떻게 오해를 할 수 있었던 것인지 한심스
럽다는 생각마저 들었다.

네 사람은 일 년 반 전이나 똑같은 자세로 곤히 잠이 든 상
태다.

이제 잠든 지 반 시진도 되지 않았으므로 누가 업어간다고
해도 모를 정도다.

우림은 보고할 것이 있다면서 기개세를 찾아온 나신효를
돌려보냈다.

그녀가 화급을 다투는 일이냐고 물으니 나신효는 그런 것
은 아니라고 하면서 대신 도기운을 찾아갔다.

방문 밖 낭하의 틈바구니에 기대어 서 있던 우림은 나신효

가 총총히 멀어지는 것을 보면서 늘어지게 하품을 했다.

그러면서 기개세가 지난밤에 네 여자하고 몇 차례나 정사를 나누었는지를 떠올리고는 새삼 혀를 내둘렀다.

'스무 번이라니… 맙소사. 주군은 사람도 아냐.'

그러면서 그녀는 은근히 몸이 저려오는 것을 느꼈다. 그 스무 번을 은근슬쩍 자신에게 대입해 본 것이다.

그때 저만치 낭하 입구에서 담신기가 추호의 발자국 소리도 내지 않은 채 걸어오고 있는 것을 발견한 우림은 빠르게 그에게 다가가며 전음을 보냈다.

[왜 이렇게 늦었어?]

그녀는 교대 시각보다 일각이나 빨리 온 담신기를 하얗게 흘기고는 부리나케 자신의 거처로 쏘아갔다.

속곳이 흠뻑 젖었기 때문에 갈아입어야 하기 때문이다.

나신효의 보고를 듣고 난 도기운은 심각한 얼굴로 나직이 중얼거렸다.

"놈들이 개봉성을 급습하려는 것 같다는 네 추측에도 일리가 있군."

그는 김이 모락모락 나는 찻잔을 손에 쥔 채 마시지는 않고 나신효에게 물었다.

"현재 개봉성에는 수하들이 얼마나 있나?"

"천중군과 천도군 오천이 주둔하고 있습니다."

낙양대전 때문에 하남성 전역에서 낙양성으로 집결했던 천검신문 고수들은 싸움이 끝나고 나서 다시 원래의 위치로 돌아갔다.

울제국의 패주군은 십칠만이다. 부상자가 많다고는 하지만 중상자들은 낙양성에 버리고 갔으며, 움직일 수 있는 가벼운 부상자들은 도주했다. 움직일 수 있다면 싸움도 할 수 있을 것이다.

오천 대 십칠만은 애초부터 싸움 자체가 성립되지 않는다.

"놈들은 허를 찌르려는 것이로군."

낙양대전에서 엄청난 피해를 내고 도주하던 울제국 패주군이 갑자기 방향을 바꿔서 개봉성을 공격할 것이라고는 아무도 염려하지 않았다.

"개봉성을 내주면 곤란하다. 놈들이 개봉성을 교두보(橋頭堡)로 삼는다면 낙양성이 위태로워진다."

낙양성과 개봉성은 거리가 불과 백여 리밖에 떨어져 있지 않다.

그러므로 개봉성이 적의 수중에 떨어진다면, 낙양성이 공격을 받아 함락되는 것은 시간문제다.

하지만 문제는 패주군이 개봉성을 공격하려는 것이 확실하냐는 것이다.

만약 판단을 잘못해서 낙양성에 있는 세력을 개봉성으로 급파한다면 낙양성은 텅 비게 된다.

이것이 적의 조호이산지계(調虎離山之計), 즉 호랑이로 하여금 산을 떠나게 한 후에 산을 공격하려는 계략이라면?

다시 말해서 놈들이 개봉성을 공격하는 체하다가 낙양성에서 세력이 대거 빠져나간 직후에 낙양성을 공격하려는 것이라면, 그야말로 낙양성은 지리멸렬하고 말 것이다.

또 하나의 가능성이 있다. 패주군이 원래의 노선대로 하남성 북부 지역으로 이동하여 북경성으로 향한다면 줄곧 험준한 산속을 강행군해야만 한다.

하지만 남쪽의 평야지대를 거쳐서 북경성으로 향하면 시일을 대폭 줄일 수 있으며 힘도 덜 든다.

그러므로 어쩌면 패주군은 좀 더 쉬운 길로 후퇴하려는 것일지도 모르는 일이다.

그 경우라면 이 일은 조금도 호들갑을 떨 상황이 아니다.

어떻든 간에 이것은 상황을 정확하게 판단하여 빠르게 조치를 취해야 한다.

그때 문이 열리고 우림이 조심스럽게 들어섰다.

"부르셨어요?"

그녀는 자신의 거처에서 막 옷을 갈아입으려다가 도기운의 부름을 받았다.

"주군께선?"

도기운은 기개세의 상황을 알아보려고 우림을 부른 것이다.

"주군께선 세 분 소저의 거처에서 밤을 지내시고 동이 틀 쯤에야 잠이 드셨어요."

그렇다면 기개세는 잠든 지 채 한 시진도 지나지 않았다는 것이다.

어쩌면 아무것도 아닐 수 있는 일로 기개세를 깨우는 것은 현명하지 않다고 도기운은 생각했다.

"알았다. 그만 가봐라."

우림은 뭔가 심상치 않은 분위기를 느꼈다. 하지만 그녀가 이곳에서 할 일은 없다. 그리고 그녀는 속곳을 갈아입는 것이 더 급하기 때문에 즉시 밖으로 나갔다.

도기운은 잠시 생각에 잠겼다가 수하를 불러 나궁조와 기무군, 담무혁에게 각각 명령을 전하도록 지시했다.

원래 도기운은 오늘 아침에 나궁조, 기무군, 담무혁을 데리고 남경성까지 먼 길을 떠날 계획이었다.

기개세의 명령으로 남경성 일대 오백여 리를 장악하기 위해서 가는 것이다.

그러나 이 일 때문에 출발이 지연되게 생겼다.

낙성검가로 천라대의 전서구들이 연이어 날아들었다.

최초의 전서구는 울제국 고수와 군사들이 개봉성 백여 리까지 접근하고 있다는 내용을 전해주었다.

그리고 그 다음 전서구들은 적들이 얼마나 가까이 접근하고 있는지를 시시각각 전했다.

도기운은 세 가지 가능성을 점쳤었고, 그중에서 적이 개봉성을 급습한다는 것이 사실로 드러나고 있었다.

하남성에서 가장 큰 곳은 낙양성과 개봉성이다. 낙양대전이 끝난 후에 도기운은 원래대로 낙양성에 만오천, 개봉성에 오천, 그리고 만 명을 하남성 각지로 되돌려 보냈었다.

그런데 나신효의 보고를 받은 직후에 하남성 각지로 보낸 만 명을 개봉성으로 급파하고, 낙양성의 만오천 명은 그대로 두었다.

적이 개봉성을 공격하는 것이 사실로 드러나면 낙양성에 있는 세력을 더 증파하려는 계획이었다.

결국 도기운은 낙양성의 일만오천 중에서 만 명을 개봉성으로 더 보냈고, 낙양성에는 오천 명만 남겨두었다.

천검신문의 도합 이만 오천 명으로 율제국 패주군 십칠만을 상대하려는 것이다.

기개세는 정오가 거의 다 돼서 깨어났다.

이후 소옥군과 나운상, 소랑, 아미, 독고비 다섯 여자와 함께 늦은 아침식사를 했다.

그 자리에서 소옥군과 나운상, 소랑에게 아미를 정식으로 소개했다.

아미는 기개세가 천문에서 지내는 동안에 얻은 부인이기

때문에 세 여자로서는 어쩔 수가 없는 상황이었다.

천문주들은 천문에 와서 반드시 천족 여자를 부인으로 거두어야 한다는 규칙이 있다. 그런 데에는 그럴 만한 몇 가지 이유가 있다.

천족부인, 즉 천부인은 천문주가 천문에 들어온 날부터 그의 수족이 되어 천문을 나가는 날까지 모든 것을 돌봐주고 설명하며 도움을 준다.

이후 중원으로 돌아간 이후에도 계속 동행하여 천문주를 그림자처럼 수호한다.

천부인은 천문주에게 없어서는 안 될 존재이며, 그와 한 몸 같은 존재일 수밖에 없는 것이다.

그리고 천부인은 천문주와 동침을 함으로써 그의 체내에 잠들어 있는 천신기혼을 회복시켜 준다.

그렇게 하지 않으면 천문주가 천문에 들어온 이후에도 몇 달에서 일 년까지 허송세월을 보내야만 한다.

천문주가 천문에 와서 제일 먼저 해야 하는 일이 천신기혼을 회복하는 일이다.

그것이 선행되지 않으면 천문의 절학도 익힐 수 없으며, 다른 여러 가지 태문주가 되기 위해서 갖추어야 할 것들을 진행하지 못한다.

마지막으로 천부인은 천문주의 남자로서의 욕정을 해결해 주는 역할을 한다.

그것은 일견 별것 아닌 것처럼 여길 수도 있지만, 실상 사람이라면 남자든 여자든 몸이 일으키는 욕정을 풀지 않고는 견디기가 힘들다.

천문주에게는 통상 세 명의 여자가 주어진다. 속세에서는 천검사영의 두 명의 여자이며, 천문에서는 천부인이 그것이다.

그러나 세 여자의 신분은 확연히 다르다.

천검사영의 여자는 단지 수하인 동시에 천문주의 욕정을 해결해 주는 역할에서 그친다.

하지만 천부인은 천문주의 정실부인이다. 천문주가 몇 명의 부인과 첩을 얻을지라도 천부인은 불변의 정실부인, 즉 첫째부인인 것이다.

과거 여덟 명의 천문주는 이들 세 명의 여자로 만족하면서 죽을 때까지 그녀들 외의 여자는 거두지 않았었다.

그런데 기개세는 천문으로 가기 전에 이미 세 명의 여자를 거두었다.

정식으로 혼인식을 올리지는 않았으나 그녀들은 부인이나 다름없는 신분이다.

기개세는 아침 식사를 하면서 아미의 신분에 대해서 네 여자에게 간단하게 설명해 주었다.

그가 설명을 마치자 한동안 묘한 정적이 흘렀다. 말하자면 굴러들어 온 돌이 박혀 있던 돌들을 쳐낸 상황이다.

나운상은 원래 활달하고 거칠 것이 없는 성격이라서 이미 얼굴에 노골적으로 불만스러운 표정이 떠올랐다.

하지만 소옥군과 소랑은 기개세에게 무조건 순종적이라서 그의 뜻을 두말없이 받아들였다.

"잘 알았어요, 대가. 천첩들은 천부인을 잘 모시고 따르도록 하겠어요."

소옥군이 온화한 표정과 목소리로 고즈넉이 입을 열었다. 그녀는 자신을 '천첩'이라고 처음으로 칭했다.

"언니!"

그러자 나운상이 발끈해서 뾰족하게 외쳤다. 그녀의 얼굴은 발갛게 상기되었다.

"세상 모든 일에는 순서라는 것이 있는 법이에요! 누가 뭐래도 언니가 대가의 정실부인이에요!"

그녀가 그렇게 쏘아붙이고 기개세를 하얗게 흘겨보자 그는 모른 체하며 식사에만 열중했다.

나운상이 아미를 쳐다보자 그녀는 기개세 곁에 앉아서 그가 식사하는 것을 자상하게 챙겨주느라 여념이 없다.

지금의 소동 같은 것은 아예 듣지 못했다는 듯 태연한 모습이라서 나운상은 더 화가 치밀었다.

독고비는 바늘방석에 앉은 듯이 불편한 표정으로 깨작깨작 밥을 먹고 있었다.

아미에 대한 것이 끝나면 다음 차례는 그녀다. 더구나 그녀는 아미처럼 대단한 신분도 아니고 소옥군 등처럼 원래부터 기개세의 여자도 아니었다. 말하자면 다섯 여자 중에서 가장 불리한 처지인 것이다.

고개를 숙이고 있던 독고비는 살짝 고개를 들고 기개세를 바라보았다.

그는 아미가 입에 넣어주는 고기 한 점을 막 받아먹고 있다가 독고비하고 눈이 마주쳤다.

그는 우물우물 씹으면서 눈으로 환하게 웃었다.

문득 독고비는 지난밤의 뜨거웠던 다섯 차례의 정사가 머릿속 가득 떠올랐다.

순간 몸이 갑자기 뜨거워지기 시작했으며 걷잡을 수 없을 정도로 기개세가 사랑스럽게 느껴졌다.

구대문파가 공동으로 세운 천불지도의 제이대 불도주이며, 거칠 것이 없는 열혈여협인 그녀지만, 기개세 앞에서는 단지 그의 사랑을 한없이 목말라 하는 한 여자일 뿐이다.

독고비는 기개세에게서 시선을 거두고 소옥군 등을 바라보며 지그시 입술을 깨물었다.

'절대로 물러서지 않을 거야.'

어제까지만 해도 그녀의 최고 목표는 삼황사벌로부터 중원을 구하는 것 하나뿐이었다.

그런데 지금은 '기개세의 여자가 되는 것' 이라는 목표 하나가 더 생겼다.

기개세는 다섯 여자를 식당에 남겨두고 혼자만 빠져나왔다.

때마침 우림이 그를 부르러 온 것이다. 그러지 않았으면 그는 조금 곤란한 입장이 될 뻔했다.

정원을 가로질러 걸어가면서 기개세가 느긋하게 말문을 열었다.

"림아, 총군주가 무엇 때문에 날 찾는 것이냐?"

"잘 모르겠어요. 그런데 신효 오라버니가 총군주와 함께 있었어요."

나신효는 올해 삼십일 세가 되었고, 우림은 이십육 세가 되었으니 그녀가 오라버니라고 부르는 것은 당연하다.

"흠. 신효가 도기운과 함께 있다고?"

기개세는 입으로는 중얼거리면서도 그것에 대해서는 생각하지 않는 듯한 얼굴로 걸었다.

나란히 걷고 있는 우림은 기개세의 옆모습을 살짝 쳐다보았다. 그는 올해 이십일 세가 됐으니 우림보다 다섯 살 적은 나이다.

우림은 보통 여자들보다 조금 더 큰 키에 늘씬한 체구지만, 기개세에 비하면 머리가 어깨에도 미치지 않는다.

또한 우림의 가녀린 어깨는 기개세의 딱 벌어진 어깨 폭의 절반에 불과하다.

기개세가 그녀보다 다섯 살 연하지만 체구로는 오히려 기개세가 어른이고 우림이 아이 같은 차이가 난다.

문득 우림은 지난밤에 자신이 기개세가 머문 방 밖에서 들었던 격렬한 육체의 부딪침과 뜨거운 신음 소리, 자지러지는 여자들의 탄성 같은 것들을 떠올렸다.

일 년 반 전에 기개세가 소옥군과 나운상, 소랑하고 첫날밤을 보낼 때에도 우림이 문밖에서 호위를 섰었다. 그런데 일 년 반이 지난 지난밤에도 우림이 호위를 섰다. 그것은 묘한 우연의 일치다.

우림은 여자로서는 절정기에 이른 이십육 세의 무르익은 나이다.

일 년 반 전의 첫날밤 때에도 그랬지만, 지난밤에도 그녀는 문밖에 홀로 서서 방 안에서 들려오는 격렬한 정사 소리를 들으며 몹시 괴로웠다.

만약 그녀가 천문주의 여자로 선택받은 몸이 아니라면 그처럼 괴롭지 않았을 것이다.

하지만 그녀는 천문주, 즉 기개세의 여자로 선택됐다. 십칠 세 때 천검사영으로 선택되면서 평생 천문주 한 남자만 바라보면서 그가 거두어주기를 소망하며 살아가야 하는 운명으로 정해진 것이다.

천검사영의 두 명의 여자 중에서 나운상은 기개세의 여자로 거두어졌으나 우림은 그렇지 못했다.

그것이 얼마나 괴롭고 또 우울한 일인지는 그녀 자신밖에
는 모르는 일이다.

더구나 기개세가 여자들하고 정사를 나누는 소리를 문밖
에서 고스란히 들어야 하는 것은 차라리 고문이다.

우림은 기개세의 잘생긴 옆얼굴을 보면서 이제 그가 자신
을 선택해 주는 일은 틀렸다고 체념했다. 그녀는 그저 이렇게
일생을 보내야만 한다.

평범한 여자에게 최고의 행복이란 사랑하는 남자와 백년
해로하는 것이다.

그것을 젊은 나이에 포기해야만 하는 우림의 심정은 망망
대해를 홀로 표류하는 작은 배 같은 막막함이다.

"왜 보느냐?"

그때 기개세가 그녀를 보면서 물었다.

순간 우림의 뇌리에 이럴 때 소옥군이나 나운상이었으면
어떻게 대답을 했을까, 어떤 대답을 재치있게 하면 기개세의
마음을 사로잡을 수 있을까 하는 생각이 스쳤다.

하지만 그녀는 곧 포기했다. 그녀는 열 번 죽었다가 깨어나
도 소옥군이나 나운상처럼 할 수는 없기 때문이다.

"주군께서 피곤해 보여서요."

그래서 겨우 그렇게 대답했다.

"하하하! 어젯밤에 중노동을 했으니 피곤할 수밖에!"

기개세의 호방하게 웃는 소리가 우림의 귀에는 한없이 쓸

쓸하게만 들렸다.

　"그랬다고?"

　도기운의 설명을 듣고 난 기개세는 가볍게 끄덕이면서 그렇게 말했다.

　태사의에 몸을 묻은 채 앉아 있는 기개세 앞에서 도기운이 허리를 굽혔다.

　"본 문의 이만 오천 명으로 십칠만을 막아야 한다는 것이 큰 부담입니다."

　도기운은 자신이 내린 결정이 현재로선 최선책이라고 믿고 있다.

　"막지 않으면 되지."

　그런데 기개세는 대수롭지 않은 듯 중얼거렸다.

　"무슨 말씀이신지……."

　도기운뿐만 아니라 이곳에 함께 있는 나신효와 우림도 의아한 표정을 지었다.

　기개세는 손짓으로 우림에게 차를 가져오라고 시키고 나서 도기운에게 물었다.

　"삼황사벌이 도주하다가 갑자기 개봉성을 공격하려는 저의가 자넨 뭐라고 생각하나?"

　"개봉성을 장악하여 교두보로 삼아 이후에 낙양성을 공격하려는 의도일 것입니다."

“그렇지.”

기개세는 가볍게 끄덕였다.

“하지만 우린 거점을 남경성으로 옮기기로 했다. 즉, 낙양성은 더 이상 우리에게 필요하지 않다는 뜻이지.”

“…….”

도기운은 알 듯 모를 듯한 표정을 지었다. 그러나 뭔가 잘못됐다는 것을 어렴풋이 느꼈다.

그때 문이 열리고 아미와 독고비가 들어섰다. 두 여자는 사붓사붓 걸어와 기개세 양쪽에 다소곳이 섰다.

기개세는 우림이 건네주는 찻잔을 잡으며 아미에게 말했다.

“아미, 네가 설명해라.”

그는 차를 마시고 아미가 그 대신 입을 열었다.

“현재 삼황사벌의 목적은 우리, 즉 천검신문을 토벌하는 것이지 백성들을 학살하는 것이 아니에요.”

그녀와 독고비는 방에 들어오기 전에 기개세와 도기운의 대화를 들었을 것이다.

하지만 그것만으로는 그녀가 기개세를 대신해서 설명을 하고 있는 것이 납득되지는 않는다.

그녀는 마치 기개세와 생각을 공유하고 있는 듯 막힘없이 설명을 이었다.

“그러니까 삼황사벌의 의도가 무엇이든 간에 우리가 놈들과 마주쳐서 싸우지 않으면 우리도, 그리고 백성들도 죽거나 다치지 않을 거예요.”

“아…….”

그제야 도기운과 나신효, 우림은 기개세의 뜻을 알 것 같은 표정을 지었다.

기개세 왼쪽에 서 있는 독고비는 아미가 어떻게 기개세의 생각을 훤히 알고 있는지 조금쯤은 알 것 같았다.

왜냐하면 독고비 자신도 희미하게나마 기개세의 생각을 읽을 수 있을 듯하기 때문이다.

‘이것이 천신기혼의 능력이로구나.’

그녀가 그럴 수 있는 것은 기개세와 동침을 해서 천신족의 천신기혼을 일깨웠기 때문이다.

하지만 아직 그것을 원활하게 활용하지는 못한다. 그러려면 좀 더 시간이 지나고 또 훈련을 거쳐야만 할 것이다.

조금 전 식탁에서의 다섯 여자의 분란은 아미가 나서서 원활하게 해결했다.

아미는 소옥군을 정실부인으로 인정하여 자신과 동격으로 만들어주었다.

그것으로 분란은 우스울 정도로 간단하게 끝나 버렸다. 나머지는 나운상과 소랑, 독고비의 몫이다.

그녀들은 나운상이 둘째, 소랑이 셋째, 독고비가 넷째부인이 되는 것으로 일을 매듭지었다.

그 조그만 분란에서 독고비는 네 여자의 성격을 한눈에 알
수 있었다.

아미는 일부러 눈여겨보지 않아도 특출한 존재라는 것을
금방 알 수 있다.

눈이 부실 정도로 아름답고 성결한 외모도 그렇거니와 세
속적으로 조금도 더럽혀지지 않은 심성 또한 그렇다.

그녀가 자신이 천부인이라는 사실을 내세워서 기개세를
독점하려 들었다면 식사 시간의 그 분란은 지금도 끝나지 않
았을 것이다.

인간 세상에서 유일하게 아미와 비교할 수 있는 여자라면
소옥군을 꼽을 수 있다.

미모에서도 소옥군은 아미에게 뒤지지 않는다. 그런가 하
면 성품 역시 그녀가 원래 천족이 아니었을까 할 정도로 고매
하고 선하기 짝이 없다.

그래서 독고비는 아미와 소옥군에게는 저절로 존경심이
우러난다.

나운상은 아미와 소옥군하고는 또 다른 종류의 아름다움
을 지니고 있다.

두 여자가 고결하고 성스러운 미모의 소유자라면, 나운상
은 얼음보다 더 차고 그러면서도 도발적인 아름다움을 지니
고 있다.

특기할 만한 것은 나운상의 까칠한 성격이다. 그녀는 당장

죽는다고 해도 아닌 것은 아니라고 딱 잘라서 말하는 올곧은 성격이다.

그리고 눈에 거슬리거나 마음에 들지 않는 것은 절대로 참지 못한다. 그래서 바로잡아야지만 직성이 풀린다.

앞으로 독고비가 가장 조심해서 상대해야 할 요주의 인물이 바로 그녀다.

독고비가 아직도 결론을 내리지 못하는 여자는 소랑이다. 열아홉 살이 된 그녀는 아직도 십오륙 세 남짓의 자그마한 몸매를 지니고 있다.

독고비를 포함한 네 여자의 미모에는 미치지 못하지만, 소랑에게는 누구도 흉내 내기 어려운 장점이 있다. 바로 귀여움의 극치다.

소랑은 조용하다. 독고비는 그녀에게서 그것 외에는 아직 아무것도 발견하지 못했다. 그녀는 너무 조용해서 있는 듯 없는 듯한 존재다.

하지만 그 조용함 속에 무엇인가 감추어져 있는 것을 느낄 수가 있는데, 그것이 무엇인지는 알 수가 없다.

아미가 온몸으로 은은한 광채와 더불어서 극상의 미모를 흩뿌리며 결론을 내리고 있었다.

"지금부터 우리가 할 일은 개봉성에 있거나 그곳으로 보낸 본 문의 모든 수하들을 철수시키는 거예요. 절대로 싸움이 일어나서는 안 돼요."

아미는 이마로 흘러내린 머리카락을 우아한 동작으로 쓸어 올렸다.

"그다음에 우린 조용히 낙양성과 하남성을 떠나서 남경성으로 가는 거예요. 처음부터 그렇게 하기로 했으니까요. 그렇다고 해서 삼황사벌이 죄없는 백성들을 괴롭히지는 않을 거예요."

도기운의 표정이 참담하게 변했다. 듣고 보니 아미의 말이 백번 옳기 때문이다.

천검신문이 본거지를 남경성으로 옮기겠다고 결정했는데 울제국 패주군이 개봉성을 공격하든 낙양성을 급습하든 무슨 상관이 있다는 말인가.

그러므로 도기운이 나신효의 보고를 받고 제일 먼저 했어야 할 일은 개봉성에 주둔하고 있는 오천 명의 수하를 철수시키는 일이었다.

그런데 오히려 그는 이만 명이나 더 개봉성에 보내는 최악의 실수를 저지르고 말았다.

도기운과 나신효, 우림은 적잖이 놀라는 표정으로 기개세를 쳐다보았다. 아미의 말이 맞느냐고 표정으로 묻는 것이다.

기개세는 차를 한 모금 마시고 나서 빙그레 미소 지으며 가볍게 끄덕였다.

"어서 수하들을 철수시키게."

도기운은 착잡한 표정으로 허리를 굽혔다.

"주군, 속하가 씻을 수 없는 큰 실수를 저질렀습니다. 용서
하십시오."

도기운이 속이 새카맣게 타서 안달재신이 됐는데도 기개
세는 빙그레 미소를 지었다.

"씻을 수 없는 실수란 없네. 배신이야말로 돌이킬 수 없는
것이지."

"하지만 마지막 전서구를 받았을 때 적들은 이미 개봉성
이십여 리까지 접근했었습니다. 지금 전서구를 보낸다고 해
도 늦습니다."

그렇게 말하는 도기운의 얼굴이 더욱 참담하게 일그러졌
다.

이만오천과 십칠만이 부딪치면 승패를 떠나서 천검신문
수하들이 많이 죽게 될 것이다.

일단 싸움이 벌어지게 되면 철수를 시키려고 해도 뜻대로
되지 않는다.

천검신문 수하들이 후퇴를 하면 울제국 고수와 군사들이
가만히 있겠는가. 필경 끈질기게 추격할 것이다.

"이십 리라면 전서구로는 안 되겠군."

기개세는 중얼거리면서 태사의에서 일어났다.

전서구가 아무리 빠르다고 해도 백여 리를 날아가는 데 반
시진은 걸린다.

그렇다면 그때는 이미 울제국 고수와 군사들이 개봉성을

공격하고 있을 것이다.

기개세는 문으로 휘적휘적 걸어가며 손을 들어 보였다.

"아미야, 나하고 산책하고 오지 않겠느냐?"

"호호! 자고로 선침이후루(先鍼而後縷)인데 소녀가 어찌 가지 않겠어요?"

즉, 바늘인 기개세가 먼저 가면 실인 아미가 뒤를 따른다는 뜻이다.

아미는 기개세를 뒤따르며 도기운에게 방그레 미소를 지어 보였다.

"문주와 내가 개봉성에 다녀올 테니까 총군주는 그리 염려하지 마세요."

독고비도 함께 가고 싶어서 빤히 기개세의 뒷모습을 바라보았다. 그러나 그는 아무 말 없이 문을 열었다.

"네! 천첩도 가겠어요!"

그런데 독고비는 갑자기 기쁜 얼굴로 명랑하게 대답하고는 쪼르르 기개세를 뒤따라 나갔다.

실내에 남아 있는 사람들은 조금 이상한 생각이 들었다. 독고비는 마치 기개세가 '너도 함께 가겠느냐?'라고 물은 것처럼 대답했기 때문이다.

그들이 알 리가 없다, 이제 독고비도 기개세의 생각을 조금쯤은 읽게 되었다는 사실을.

그때 나신효가 의아한 표정으로 중얼거렸다.

"방금 불도주가 천첩… 이라고 말했나?"

그 말 때문에 갑자기 기분이 나빠진 우림이 방을 나가면서 냉랭하게 중얼거렸다.

"어젯밤 다섯 번이나 하고 난 이후에 그렇게 됐어요."

"뭘 다섯 번을 해?"

그 말이 기개세가 독고비를 다섯 차례 황홀경에 빠뜨렸다는 뜻이라는 것을 나신효가 알 리가 없다.

하지만 나신효는 우림의 말을 오랫동안 곱씹고 있을 마음의 여유가 없다.

기개세가 울제국 고수와 군사가 공격하기 전에 개봉성에 도착하려면 전서구보다 빨리 가야 하는데, 과연 그럴 수 있는지 벌써부터 걱정이 앞서기 때문이다.

第百六章

황하혈전(黃河血戰)

“아아…….”

독고비는 아까부터 그런 탄성만 계속 흘러내고 있었다.

그도 그럴 것이, 지상에서 삼십여 장 높이 까마득한 허공을 빛처럼 빠르게 쏘아가고 있기 때문이다.

기개세는 한 팔로 독고비의 허리를 안고, 아미는 그의 곁에서 나란히 쏘아가고 있다.

아니, 그것은 쏘아간다기보다는 우뚝 선 자세에서 상체를 약간 앞으로 비스듬히 숙이고 있는 자세다. 그런데도 속도는 가히 빛살을 방불케 할 정도로 빨랐다.

“대가, 이… 것은 무슨 절학인가요?”

출발한 지 일각이 지나서야 겨우 정신을 조금 수습한 독고비가 기개세를 바라보며 궁금한 얼굴로 물었다.

기개세는 빙그레 미소 지으면서 아미를 쳐다보았다.

"글쎄… 뭐라고 해야 하나? 딱히 이름이 없거든."

독고비는 의아한 표정을 지었다. 하다못해 보잘것없는 삼류무공에도 버젓이 이름이 있거늘, 이처럼 절륜한 경공에 이름이 없다는 것이 믿어지지 않았다. 그래서 기개세가 농담을 하는 것이려니 여겼다.

하지만 농담이 아니라는 것을 아미의 설명을 듣고 나서야 알게 되었다.

"천문의 절학은 이름이 없어요. 인간의 무공이 아니기 때문이죠. 또한 인간들이 최고의 절학이라고 하는 한계를 넘어섰기 때문이기도 해요."

"아……."

"천문절학의 바탕이 되는 것이 바로 천신기혼이에요. 그것을 체내에 얼마나 많이 지니고 있으며 또 크게 발휘하느냐에 따라서 위력이 달라져요. 그대도 문주로 인해서 천신기혼이 생성되었으므로 이제부터는 인간의 무공을 잊고 천문절학을 익히도록 해요."

"그… 렇군요."

독고비는 비로소 자신이 천신족이라는 사실이 조금쯤 실감이 됐다.

그리고 자신도 언젠가는 기개세와 아미 같은 신적인 위력을 발휘할 것이라는 생각을 하자 흥분으로 가슴이 떨렸다.

"다 왔다."

기개세의 말에 독고비는 설마 하는 얼굴로 지상을 굽어보다가 화들짝 놀랐다.

"거짓말. 말도 안 돼."

전면 아래쪽에 아스라이 거대한 성채가 보였다. 독고비는 개봉성에 여러 번 와본 적이 있기 때문에 그곳이 어디라고 누가 말해주지 않아도 한눈에 알 수 있었다.

낙양성을 출발한 지 이제 겨우 일각이 조금 지났을 뿐인데 백여 리 거리인 개봉성에 도착한 것이다. 이 사실을 믿어야 할지 어떨지 독고비는 분간이 서질 않았다.

"문주, 저길 보세요."

그때 아미가 개봉성의 북쪽 방향을 가리켰다.

개봉성에서 북쪽으로 십오 리 거리에는 황하가 왼쪽에서 오른쪽으로 흐르고 있다.

그런데 지금 강 건너 백사장에 헤아릴 수 없을 정도로 많은 사람들이 꾸역꾸역 모여들고 있었으며, 선두는 강을 건너고 있는 것이 보였다.

"삼황사벌 놈들이에요. 정말 개봉성을 공격하려고 했군요."

독고비가 놀란 얼굴로 탄성을 터뜨렸다.

울제국 군사들은 각기 서너 자 길이에 한 아름쯤 되는 나무를 지니고 있었다.

그것을 이용해서 강을 건너려는 것이다. 아마도 황하에 도착하기 전에 산에서 나무를 베어온 듯했다.

황하가 개봉성 근처에 이르면 강폭이 삼백여 장에 이를 정도로 넓어진다.

그 정도 넓이를 초상비 등의 경공으로 건널 수 있는 고수는 그리 많지 않다.

울고수들은 여러 가지 방법으로 강을 건너고 있었는데, 군사들보다 많이 앞서 있었다.

황하 이쪽에는 수십 명의 울고수가 먼저 건너와서 강을 건너고 있는 울고수들을 지켜보고 있었다.

그들은 울고수 중에서도 단연 뛰어난 무위를 지닌 실력자들일 것이다.

문득 아래를 굽어보던 기개세의 입에서 나직한 중얼거림이 흘러나왔다.

"남궁산."

"어디 있죠, 그자가?"

그러자 독고비가 아래를 두리번거리면서 물었다.

낙성검가에 머물면서 기개세의 세 여자와 자주 어울렸던 독고비는 남궁산에 대해서 그녀들에게 자주 들어서 잘 알고 있었다.

“저기.”

기개세는 강 이쪽의 한 장소를 가리키다가 남궁산에게서 그리 멀지 않은 곳에 서 있는 패가수를 발견하고 고졸한 미소를 지었다.

“흠, 패가수까지.”

“문주, 저기.”

그때 아미가 개봉성 쪽을 가리켰다.

기개세가 굽어보자 개봉성 쪽에서 수천 명의 천검신문 고수가 황하를 향해서 파도처럼 전진하고 있었다.

그 선두에 기무군과 나궁조, 담무혁이 보였고, 그 뒤로 천전군과 천중군, 천도군의 핵심 고수들이 뒤따르고 있는 모습이 보였다.

울제국 고수와 군사들이 황하를 건너기 전에 공격하려는 것 같았다.

어차피 벌일 싸움이라면 그러는 편이 훨씬 유리하다. 더구나 소수가 다수를 상대로 치르는 싸움이라면 더욱 그렇다.

하지만 기개세가 보기에 이것은 무익한 싸움이다. 지금은 적을 백 명 죽이는 것보다 수하 한 명의 목숨을 더 아껴야 할 때이다.

세 명의 군주 중에서 나궁조가 가장 선두에서 달려나가고 있었다.

그리고 기무군과 담무혁이 나란히 앞서거니 뒤서거니 나궁조의 뒤를 바짝 따랐다.

그것은 최소한 경공으로는 기무군과 담무혁이 비슷한 수준이라는 것이다.

그 뒤를 삼천여 명의 천검신문 고수가 나는 듯이 달리고 있다.

나궁조와 기무군, 담무혁은 만 명을 이끌고 한 시진 전에 개봉성에 당도했었다.

그들은 성 안팎에 만반의 준비를 해놓고는 삼천 명의 고수를 이끌고 황하를 건너느라 주의가 흐트러진 적을 급습하기 위해서 성을 나선 것이다.

이곳에서 황하 강변까지는 오 리 남짓 거리다. 이대로 휘몰아치면 적의 예봉(銳鋒)을 단숨에 꺾을 수 있다고 믿는 세 사람의 군주다.

"멈춰라!"

그때 어디선가 은은한 호통 소리가 들려왔다.

나궁조와 기무군, 담무혁 등 삼군주는 달리는 것을 멈추지 않고 재빨리 주위를 둘러보았다. 알지 못하는 누군가가 멈추란다고 멈출 그들이 아니다.

"나궁조, 담무혁, 기무군, 멈춰라!"

그러자 이번에는 삼군주의 이름을 정확하게 부르며 다시 호통성이 터졌다.

삼군주는 자신들의 이름을 부르는 데에야 멈추지 않을 수가 없었다. 더구나 그 목소리는 몹시 귀에 익은 것이었다.

삼군주가 멈추자마자 그들의 전면 오 장 거리에 기개세와 아미, 독고비가 허공에서 섬전처럼 내리꽂히는가 싶더니 지상 한 자 거리에 이르러 뚝 멈추고는 스르르 하강해서 땅에 내려섰다.

"주군!"

삼군주는 기개세를 보며 깜짝 놀라 즉시 예를 취했다.

기개세는 독고비의 허리를 안은 채 삼군주에게 명령했다.

"싸움은 하지 않는다. 그러니 개봉성을 비우고 모두 원래의 위치로 돌아가라."

조금 전에 한 말이나 지금 하는 말이나 적에게는 한마디도 들리지 않는다. 한쪽 방향으로만 발성하는 수법을 사용하기 때문이다.

삼군주는 얼굴에 잠시 의아한 표정을 떠올렸을 뿐, 그 즉시 몸을 돌려 수하들을 이끌고 개봉성으로 쏘아갔다. 주군의 명령에는 의문이 필요하지 않다.

"다행이에요. 이것으로 우리 편은 한 사람도 다치거나 죽지 않겠군요."

독고비가 한시름 덜었다는 표정을 지으며 안도의 한숨을 토해냈다.

그러다가 문득 그녀는 자신이 기개세의 허리를 두 팔로 꼭 끌어안고 있는 것을 발견했다.

허공 높은 곳에서 날아올 때는 바짝 긴장한 탓에 몰랐다가 이제야 알게 된 것이다.

그런데 지상에 내려섰는데도 그녀는 기개세의 허리에서 손을 풀고 싶지 않았다.

추운 겨울날에 따뜻한 목욕물 속에 들어간 것처럼 온몸이 편안하고 묘한 행복함이 밀려들었다. 그런 기분은 생전 처음 느껴보는 것이다.

'이런 것이 행복인가 봐.'

그러면서 그녀는 기개세의 가슴에 살짝 안기면서 상체를 밀착시키며 뺨을 기댔다.

"자, 그럼 우린 잠시 볼일 좀 볼까?"

기개세는 말과 함께 강 쪽으로 걸음을 옮겼다. 아니, 걸음을 옮기는가 싶었는데 한 걸음에 십여 장이나 스윽 빛처럼 미끄러져 나갔다.

독고비는 걸을 필요가 없었다. 기개세가 여전히 한 팔로 그녀의 허리를 안고 있기 때문에 그가 걷자 그녀는 몸이 그에게 안긴 채 저절로 이끌려 갔다.

기개세가 강변에 도착했을 때에는 울고수가 이백여 명쯤 건너와 있었으며 다른 고수들도 속속 도착하고 있었다.

기개세와 아미, 독고비는 강둑 위에 소리없이 내려섰다.

울제국 고수들은 모두 강 쪽을 보고 있어서 아직 기개세를 발견하지 못했다.

기개세는 이백여 고수 사이에 서 있는 남궁산의 뒷모습을 주시했다.

그에게는 패가수보다 남궁산이라는 존재가 더 큰 가치가 있다. 남궁산이 우연을 죽이고 중원을 팔아먹은 배신자이기 때문이다.

"남궁산."

남궁산은 누군가 뒤쪽에서 자신을 나직이 부르는 소리에 번개같이 몸을 돌려 뒤돌아보았다.

"헛!"

그러나 다음 순간 그는 소스라치게 놀랐다. 자신의 바로 앞에 누군가 우뚝 서 있는 것을 발견했기 때문이다.

그는 자신의 세 걸음 전면에 기개세가 우뚝 서 있는 것을 발견하고 그대로 얼어붙었다.

사람은 일상적인 현상이 아닌 갑작스러운 사건이 발생하면 아주 짧은 시간 동안 사고(思考)가 정지한다. 뇌가 그것을 인지하는 시간이 필요한 것이다. 지금 남궁산이 바로 그런 상태다.

그는 이것이 현실인지 꿈인지, 그리고 어떤 상황인지를 파악하고 있는 중이다.

눈앞에 벌어진 '어떤 일'이 가능성이 희박할수록 그것을 파악하는 시간이 길어지게 마련이다.

"너는 나하고 같이 가야겠다.'

기개세는 느긋하게 입을 열었다.

"너… 유영."

남궁산의 머리에 가장 먼저 떠오른 것은 기개세의 대정숙에서의 모습이다. 그의 머리는 아직 유영과 천문주를 연결시키지 못하고 있다.

그는 아직도 상황을 완전히 이해하지 못했다. 유영이 울고 수 수백 명이 모여 있는 한복판에 불쑥 나타났다는 사실 때문이다.

"너 이 자식!"

남궁산이 가장 먼저 느낀 것은 걷잡을 수 없는 분노다. 그래서 얼굴이 험악하게 일그러지는 것과 동시에 거친 호통이 튀어나갔다.

그의 아우 남궁엽의 죽음이나 가문의 몰락, 그리고 그 자신이 이렇게 된 것의 원인에는 기개세가 있었다.

그가 아니었으면 남궁산은 모든 것을 잃지 않았을 것이고, 중원을 배신하여 울제국에 빌붙어서 사는 신세가 되지 않았을 것이다. 또한 왼팔을 잃어서 팔 병신이 되지도 않았을 것이다.

남궁산의 머리가, 아니, 본능이 두 번째로 생각한 것은 기개세를 제압하는 것이다.

그의 기억 속에서의 기개세는 아직도 대정숙의 유영으로 남아 있기 때문에 단지 손을 뻗기만 하면 죽일 수 있을 것이라고 판단했다.

"뒈져라!"

그는 하나뿐인 오른팔에 순간적으로 극한의 공력을 주입하여 전력으로 뿜어내면서 피를 토하듯 소리쳤다.

번쩍!

무량육신공의 세 번째 절학인 삼신공 일광신장(日光神掌)이 섬광처럼 눈부신 광채를 발하면서 발출됐다.

남궁산과 기개세의 거리는 불과 세 걸음, 채 일 장도 되지 않는다.

그 정도면 일광신장으로 능히 기개세의 몸뚱이를 천 갈래 만 갈래로 찢어죽일 수 있다고 남궁산은 확신했다.

더구나 급작스러운 공격에 놀라서인지 기개세는 피할 엄두도 내지 못한 채 우두커니 서 있기만 했다. 물론 남궁산이 볼 때 그렇다는 것이다.

그래서 오히려 남궁산은 기개세를 너무 간단하게 죽이는 것이 못내 아쉽다는 생각마저 들었다.

그러나 그의 그런 생각이 아직 머릿속에 남아 있을 때, 그의 장심에서 발출되어 기개세의 가슴 한복판으로 뿜어져 가던 눈부신 섬광 한줄기가 갑자기 흔적도 없이 사라져 버리는 것이 아닌가.

"……."

마치 처음부터 남궁산이 장력 같은 것은 발출하지 않은 듯
한 상황이다.

만면에 경악을 떠올린 남궁산은 기개세를 쳐다보았다. 기
개세를 너무 간단하게 죽이는 것이 아닌가 하는 생각은 말끔
하게 지워진 상태다.

슥.

그때 기개세가 남궁산을 향해 손을 뻗으며 담담히 말했다.

"너를 잡아다가 우지화, 우림 자매에게 줘야겠다."

스으…….

"으어……."

그러자 남궁산의 몸이 기개세를 향해 빠르게 끌려갔다.

그즈음 기개세와 남궁산 주위에는 울고수들이 빽빽이 몰
려들었으나 상황이 너무 빠르게 돌아가고 있어서 일순간 어
쩔 줄을 모르고 있었다.

"뭣들 하느냐? 어서 공격해라!"

그때 기개세 뒤에서 쩌렁한 호통과 겨울바람이 산꼭대기
를 스치는 듯한 기음이 터졌다.

고오오!

기개세는 뒤돌아보지 않고서도 그것이 패가수일 것이며,
자신의 배후를 공격하고 있을 것이라고 생각했다.

하지만 그는 패가수의 공격을 무시한 채 남궁산을 향해 계속 손을 뻗고 있었다.

이제 두어 걸음만 더 오면 남궁산의 모가지를 움켜잡을 수가 있다.

그때 아미가 전혀 서두르지 않는 동작으로 빙글 몸을 돌리며 희디흰 섬섬옥수를 내밀었다.

패가수가 방금 발출한 무량육신공의 마지막 절초인 육신공 무량대신공, 즉 파멸겁이 아치 아지랑이처럼 허공중에 파장을 일으키면서 쇄도하고 있는 것이 보였다.

현재 패가수의 파멸겁은 칠성 수준이다. 게다가 전력을 다했기 때문에 가히 커다란 바위 하나를 통째로 박살 낼 만한 가공한 위력을 지니고 있다.

그런데도 아미는 눈썹 하나 까딱하지 않고 마치 먼지를 털듯이 가볍게 오른손을 떨쳐 냈다.

스으으…….

그러자 그녀의 반 장 앞까지 쇄도해 오던 파멸겁의 아지랑이 같은 기운이 씻은 듯이 사라져 버렸다.

방금 전에 기개세가 남궁산의 공격 일광신장을 유야무야로 만들어 버린 것과 같은 수법이다.

패가수는 움찔 놀랐으나 물러서거나 피하지 않고 덮쳐 가는 기세를 빌어 번쩍 허공으로 솟구쳐 오르면서 기개세의 등을 향해 재차 파멸겁을 전개했다.

과우우!

위기에 처해 있는 남궁산을 구할 수만 있다면 무슨 짓이라도 할 수 있는 패가수다.

그 순간 울고수들이 사방에서 기개세와 아미, 독고비를 향해 도검을 휘두르고 장력을 발출하면서 맹공격을 퍼부었다.

그것은 울고수의 특성, 즉 자신의 생사를 도외시한 채 사력을 다해서 쏟아내는 공격이다.

아미는 개세적인 능력의 소유자지만 패가수를 상대하면서 동시에 서너 명을 더 상대할 수 있는 정도에 그친다. 팔이 두 개뿐이므로 그 정도도 대단한 것이다.

하지만 지금처럼 수백 명이 한꺼번에 합공을 퍼부을 때에는 다른 도리가 없다.

후우…….

아미는 독고비를 보호하기 위해서 즉시 호신강기를 끌어올려 자신과 독고비, 기개세 주변에 무형의 막을 만들었다.

꽈르릉! 콰차차차창! 퍼퍼펑!

그 순간 패가수의 파멸겁을 비롯하여 울고수들의 공격이 호신강기에 부딪쳐서 요란하게 튕겨졌다.

그러나 튕겨진 것은 그것만이 아니다. 기개세가 막 남궁산의 목을 움켜잡으려는 순간 그와 남궁산 사이에 호신강기가 쳐져서 뜻을 이루지 못한 것이다.

"크으으……."

빠른 속도로 기개세에게 끌려오던 남궁산은 얼굴과 몸의 앞면이 호신강기에 호되게 부딪치고는 쏜살같이 뒤로 튕겨져 날아갔다.

그러나 기개세는 아미를 탓하지 않았다. 그녀가 독고비를 보호하려고 호신강기를 펼쳤다는 사실을 알기 때문이다.

물론 호신강기를 펼치지 않았더라도 기개세는 독고비를 충분히 보호할 수 있다. 또한 독고비는 보호가 필요할 정도로 하수가 아니다.

순간 기개세는 독고비를 놔주는 것과 동시에 남궁산을 향해 쏘아갔다.

그가 호신강기를 뚫고 나갔으나 호신강기는 추호도 손상되지 않았다.

하지만 기개세는 시야에서 남궁산을 놓치고 말았다.

튕겨져 나가서 바닥에 나동그라진 남궁산과 그 사이를 수십 명의 울고수가 가로막으면서 소나기처럼 공격을 퍼부었기 때문이다.

울고수들은 처음에는 수십 명이었으나 곧 백여 명으로 더 많아졌다.

쐐애액! 쉬이익! 쐐액쐐액!

그들의 공격이 소나기처럼 기개세 한 몸으로 무지막지하게 쏟아졌다.

그러나 기개세는 멈추지도 피하지도 않고 곧장 쏘아가면서 양손을 이리저리 휘둘렀다. 마치 벌레를 쫓는 듯 대수롭지 않은 동작이다.

그러나 그 동작으로 발출된 여러 줄기의 흐릿한 빛줄기들은 일찍이 중원에서는 볼 수 없었던 신기(神技)다.

퍼퍼퍼퍼퍽!

손목을 한 번 뒤집고 꺾으며 손바닥을 흔들고 뻗을 때마다 뿜어진 빛줄기들은 울고수들의 심장이나 미간에 정확하게 적중되었다.

비명도 없고 피도 튀지 않았다. 단지 울고수들은 빛줄기에 적중되는 순간 숨이 끊어졌으며, 그와 함께 화살처럼 튕겨져 날아갔다.

눈 한 번 깜빡이는 순간 대여섯 명이 허공으로 훌훌 날아가거나 땅바닥에 패대기쳐졌다.

하지만 기개세의 동작은 그것으로 끝나지 않았다. 그는 계속 앞으로 쏘아가며 양손을 휘둘렀고, 그때마다 울고수들이 대여섯 명씩 튕겨져 날아갔다.

즉사한 울고수들의 심장이나 미간에는 그 어떤 흔적도 남아 있지 않았다.

또한 죽는 순간에 조금도 고통을 느끼지 못한 듯 표정의 변화도 없었다.

기개세의 천신기혼이 울고수의 체내로 스며들어 찰나지간

에 모든 생명의 근원을 끊어버렸기 때문이다.

그는 십여 장가량 전진하면서 삼십여 명의 울고수를 죽였으나 남궁산의 모습은 보이지 않았다.

땅바닥에 나뒹굴었던 남궁산은 기개세가 마치 파리 떼를 쫓듯이 울고수들을 죽이면서 빠르게 쏘아오는 것을 발견하고는 겁을 집어먹고 무릎으로 엉금엉금 기어서 그 자리를 피해 버린 것이다.

기개세는 양손을 휘두르면서 힐끗 뒤돌아보았다. 그러나 사방을 에워싼 채 덮쳐드는 울고수들 때문에 아미와 독고비의 모습이 보이지 않았다.

울고수들은 갈수록 점점 더 많아졌다. 기개세가 처음에 남궁산을 공격했을 때에는 이백여 명 남짓이었는데 지금은 사오백 명으로 불어났다.

싸움이 벌어진 것을 알게 된 울고수들이 속속 강을 건너와서 합류하고 있기 때문이다.

이대로 가다가는 오래지 않아서 수만 명의 울고수에게 포위되고 말 것이라는 생각이 들었다.

'오합지졸들이!'

기개세의 가슴속에서 불끈 분노가 치밀었다. 그러자 그의 손속이 더욱 빨라졌다.

권법 같기도 금나수법 같기도 한 동작이 펼쳐지면 어김없이 대여섯 줄기 빛이 전면과 좌우로 폭발하듯이 뿜어졌다.

어떤 것은 직선으로, 또 어떤 것은 곡선으로, 그리고 어떤 것은 눈이 달린 듯 구불구불 뻗어져 나가 정확하게 적의 숨통을 끊어놓았다.

그것은 검이나 도, 그리고 그 어떤 종류의 장법이나 권법보다 정확했고 위력은 가공했다.

만약 무기로 가로막는다면 무기를 부러뜨리고, 앞에 철벽이 놓여 있다면 철벽을 관통할 것이다.

또한 화가 치밀어서 전개했기 때문에 조금 전보다 더 많은 적이 죽어서 더 멀리 날아갔다.

열 호흡 정도의 시간이 흘렀다. 그사이에 기개세는 다시 칠십여 명을 더 죽여서 도합 백여 명을 죽였다. 그렇지만 그것은 십칠만 명 중에 고작 백여 명일 뿐이다.

'안 되겠다.'

칠십여 명을 죽이는 동안 어느 정도 화가 가라앉은 그는 번쩍 수직으로 솟구쳐 올라 십여 장 높이에서 한 바퀴 회전하며 아래를 굽어보다가 어이없는 표정을 지었다.

발아래 백사장에는 그야말로 송곳 하나 꽂을 틈조차 없이 적들이 새카맣게 깔려 있는 것이 아닌가.

그 수는 수천 명에 달했으며, 강을 뒤덮고 있는 적이 얼마나 많은지 강물이 보이지 않을 정도였다.

강 건너에는 한 명도 없다. 그것은 모두 강을 건넜거나 건너고 있는 중이라는 뜻이다.

또한 조금만 시간을 끌고 있다가는 기개세 일행이 십칠만 명에게 포위되고 말 것이라는 뜻이기도 하다.

문득 기개세의 시선이 한곳에 꽂혔다. 그곳에서는 아미와 독고비가 서로 등을 맞댄 채 사방에서 해일처럼 쏟아지며 공격하는 적들을 맞아 치열하게 싸우고 있었다.

아미는 조금도 당황하지 않은 모습이다. 그녀는 조금 전의 기개세처럼 우뚝 서서 양손을 휘두르고 있는데, 덤벼드는 적들이 공격할 때보다 더 빨리 튕겨져 날아가고 있었다.

그녀가 전면과 좌우의 적까지 상대하고 있어서 독고비는 전면의 적들만 상대하면 되는 상황이다.

하지만 문제는 적들이 끝도 없이 밀려들고 있다는 사실이었다.

기개세와 아미, 독고비 세 사람이 적 십칠만 명을 모두 죽일 수는 없는 노릇이다.

그런데도 아미는 추호의 동요도 하지 않고 꼿꼿하게 서서 양손을 휘두르고 있다.

그럴 때마다 기개세가 발출했던 것과 같은 흐릿한 빛이 전면과 좌우로 서너 줄기씩 번뜩이며 뿜어졌고, 정확하게 적중된 적들이 튕겨 날아갔다.

독고비는 한 자루 보검을 오른손에 쥐고 소림사와 무당파의 검법을 섞어가면서 쉴 새 없이 초식을 전개하고 있다.

아미하고는 비교할 수 없으나 독고비의 실력도 출중했다.

그녀는 기개세가 생사현관과 환골탈태, 벌모세수를 해준 이후 예전보다 배 이상 고강해져서 현재는 도기운과 거의 맞먹는 수준이다.

그녀가 검을 떨칠 때마다 공격해 오는 적들은 급소를 찔리고 베어 풀썩풀썩 쓰러졌다.

패가수와 오룡신장, 그리고 마조를 비롯한 각 군주들은 수하들과 함께 아미와 독고비를 맹공격하고 있다.

그들은 수하들 틈에 교묘하게 섞여서 아미와 독고비의 빈틈을 노려 번개같이 공격을 가하지만 번번이 실패했다.

처음에 구룡신장의 네 명이 낙양대전에 가담했었으나 지금은 모두 죽고 오룡신장만 남았다.

또한 패가수 휘하의 토벌총군은 십군까지 있는데 그중 네 명이 죽고 지금은 남궁산과 마조를 비롯하여 여섯 명만 살아남은 상태다.

그들 중에서 패가수와 오룡신장, 마조, 두 명의 군주가 아미를, 그리고 네 명의 군주가 독고비를 공격하고 있다.

'천족, 아니, 천부인이 틀림없다!'

패가수는 아미가 천부인이라고 확신하고 있다.

낙양대전 막바지에 이르러 울제국이 승기를 잡았을 때 갑자기 나타난 기개세와 오십 명의 백의인 때문에 울제국은 패배의 쓴잔을 마시고 도주할 수밖에 없었다.

그 당시에 패가수는 오십 명의 백의인과 아미, 그리고 기개세의 신위를 똑똑히 목격했다.

기개세는 탕룡, 마룡, 화룡 세 명의 신장을 각각 일 초식만으로 죽였었다.

또한 아미는 기개세 곁에서, 오십 명의 백의인은 오십 곳으로 흩어져서 울고수와 울군사들을 타작을 하듯이 주살, 아니, 도륙을 했었다.

그때 패가수는 기개세가 탕룡, 마룡, 화룡신장을 죽이는 것을 보고 감히 나서지 못했다.

패가수는 구룡신장보다 고강하기는 하지만 기개세에게 삼 초식 이상 버텨낼 자신이 없었다.

아니, 여차하면 일 초식에 즉사할 수도 있다는 불안감이 들어서 암중에 숨어 기회만 엿보고 있었다.

하지만 끝내 기개세를 암습할 기회를 찾지 못했다. 상대가 너무 고강하기 때문이었다.

견주어봐서 어느 정도 승산이 있다는 판단이 서야 암습을 시도해 볼 텐데, 아예 그럴 엄두조차 내지 못할 만큼 기개세가 고강했기 때문이다.

그런데 기개세가 다시 이곳에 나타난 것이다. 이번에는 오십 명의 백의인은 없고 천부인이라고 생각되는 여자와 불도주 독고비만을 데리고 나타나서 십칠만 명을 상대로 싸우고 있는 것이다.

패가수는 기개세가 전설의 천문을 이미 다녀왔으며, 아미

는 천부인이고 오십 명의 백의인은 천족, 즉 '천인사' 라고 생
각했다.

'우선 천부인과 불도주를 제압하고 나서 이후에 태문주를
상대하는 것이다.'

패가수는 나름대로 계획을 세웠다. 그리고 충분히 가능성
이 있다고 판단했다.

원래 낙양대전에서 대패한 그는 하남성 북쪽 산악지대로
후퇴하고 있었다.

그런데 도중에 형 이반의 서찰을 받았다. 즉시 방향을 바꿔
개봉성을 공격하라는 명령이었다.

그 외의 내용은 없었다. 단지 개봉성을 함락시킨 후에 그곳
에 주둔하고 있으라는 명령이 더해졌다.

개봉성을 함락하는 것보다 천검신문의 태문주를 제압하거
나 죽이는 것이 훨씬 큰 이득이라는 것은 두말할 필요가 없는
일이다.

'무슨 수를 써서라도, 어떤 희생을 치르더라도 오늘 반드
시 태문주를 끝장내 버리겠다!'

허공으로 비스듬히 떠오른 패가수는 아미를 쏘아보며 내
심 다짐했다.

그는 오룡신장과 마조, 두 명의 군주가 울고수 수백 명과
함께 아미와 독고비를 맹공격하고 있는 것을 보고 있다가 기
개세를 찾으려고 시선을 돌렸다.

그러자 저만치 삼십여 장 떨어진 곳 허공에서 기개세가 지상을 향해 빛처럼 내리꽂히고 있는 모습이 보였다.

패가수는 급히 기개세가 쏘아내리고 있는 지상을 쳐다보다가 움찔 놀라는 표정을 지었다.

'산!'

그곳에 남궁산이 수많은 울고수와 울군사들에게 둘러싸인 채 도망치고 있는 모습이 보였다.

패가수가 보기에 기개세는 남궁산을 잡거나 죽이려고 하는 것이 분명했다.

패가수는 즉시 남궁산이 있는 방향을 가리키면서 마조에게 명령했다.

"마조! 군주들을 이끌고 가서 남궁산을 호위하라! 그가 태문주에게 당하면 너를 죽이겠다!"

움찔 몸을 떤 마조는 그 즉시 다섯 명의 군주를 모두 이끌고 패가수가 가리킨 방향으로 쏘아갔다.

패가수는 남궁산을 형제 이상으로 좋아하지만, 지금 상황에서는 그를 구하는 것보다 천부인과 불도주를 잡아서 그녀들을 미끼로 태문주를 죽이는 것이 더 중요한 일이라고 판단했다.

패가수가 지금 남궁산을 구하러 가는 것보다는, 천부인을 제압하여 태문주를 압박하는 방법이 더 빠르고 효과적일 것이라는 계산이다.

'수하들을 전멸시키더라도 기필코 천부인을 제압하리라!'
지상에 내려선 패가수는 전음으로 울고수와 울군사들의
우두머리들에게 재빨리 몇 가지 명령을 내렸다.

第百七章

사신(死神)

남궁산은 어느 틈에 울군사의 옷으로 갈아입은 상태다.

게다가 울군사의 모자까지 쓰고 있기 때문에 기개세가 그를 찾아내는 일이 쉽지 않았다.

기개세는 잠시만 시간을 할애하면 남궁산을 제압할 수 있을 것이라고 생각했다.

그런데 이각이 지나고 있는데도 남궁산을 제압하기는커녕 그를 찾아내는 것조차 녹록치 않았다.

더구나 울고수와 울군사들이 그와 남궁산 사이를 차단하면서 끝없이 몰려들어 공격을 퍼붓기 때문에 애를 먹고 있는 중이다.

이것은 무공이 고강하다고 해결될 일이 아니다. 셀 수도 없을 정도로 많은 개미 떼가 꼬물거리는 곳에서 똑같이 생긴 개미 한 마리를 찾아내는 것이나 다름없는 것이니 무공하고는 무관하다.

울고수와 울군사들의 차단과 공격은 시간이 지날수록 점점 더 치밀해지고 거세졌다.

그들은 평소에 밥만 먹으면 공격하고 방어하며 협공하는 훈련을 받기 때문에 집단적인 움직임이 절도가 있고 보기보다는 꽤 탁월한 효과를 나타내고 있었다.

죽여도 죽여도 끝없이 몰려드는 울고수와 울군사들은 지겨울 정도다.

기개세는 이미 삼백여 명을 죽였으나 전체 십칠만 명에 비하면 여전히 빙산의 일각일 뿐이다.

'저놈!'

그때 불을 보고 달려드는 불나방처럼 공격해 오는 울군사들 사이로 저만치에서 도망치면서 힐끗 뒤돌아보는 남궁산의 얼굴이 보였다.

파아아—

순간 기개세는 남궁산을 향해 일직선을 그으며 빛살처럼 쏘아갔다.

전면에 호신강기를 일으켰기 때문에 거기에 부딪친 적들이 마구 튕겨져 날아갔다.

그는 불과 한 호흡 만에 남궁산의 배후에 이르러 손을 뻗어 뒷덜미를 낚아챘다.

콱!

"이놈!"

그런데 홱 돌아보면서 수중에 도를 휘두르는 자는 남궁산이 아니라 울군사다. 어느 틈에 남궁산은 미꾸라지처럼 빠져나간 것이다.

기개세는 베어오는 울군사의 도를 맨손으로 잡아 그의 목을 자르고는 눈살을 찌푸렸다.

"이 생쥐 같은 놈!"

쏴아아! 쐐애액!

그 순간 기다렸다는 듯이 울고수와 울군사들의 공격이 사방에서 퍼부어졌다.

아미와 독고비에게서 십여 장쯤 떨어진 곳에서 겹겹이 포위하고 있는 울군사들이 그녀들에게 집중적으로 화살을 쏘아대고 있다.

쏴아아—!

수십 발이 아니다. 수만 발의 화살이 하늘이 보이지 않을 정도로 새카맣게 뒤덮은 채 아미와 독고비를 향해 쏟아져 내렸다.

아미는 더 이상 호신강기를 일으키지 못했다. 호신강기는 짧은 시간에 많은 천신기혼을 허비하기 때문이다.

그녀는 이미 일각 동안 호신강기를 일으켜서 화살을 막았기 때문에 더 이상 호신강기를 일으키는 것은 무리다.

더구나 독고비를 보호해야 하기 위해서 호신강기를 더 크게 펼친 탓에 천신기혼의 소모가 그만큼 더 컸다.

현재 그녀는 소나기처럼 쏟아지는 화살들을 맨손으로 쳐내고 있다.

그렇다고 손이 직접 화살에 닿아 튕겨내는 것이 아니다. 양손으로 일으킨 강기의 막, 즉 강막(罡幕) 때문에 화살은 그녀의 손 반 자 거리에서 모조리 튕겨지고 있다.

강막을 일으키는 것은 호신강기보다 천신기혼을 십분의 일도 허비하지 않기 때문에 그녀는 몇 시진이라도 이 상태를 지속할 수가 있다.

아미가 자신들에게 쏟아지는 화살의 칠 할을 막아내고 있기 때문에 독고비는 나머지 삼 할만 책임지면 된다.

독고비는 수중의 검을 휘둘러 검막(劍幕)을 형성하고 있어서 화살이 모조리 튕겨지고 있었다. 그녀 역시 이 상태로 한 시진 이상 버틸 수 있다.

그때 새카맣게 쏟아져 오는 화살 틈새에 뭔가 주먹 크기의 작은 공 같은 것들이 수십 개 섞여 있는 것이 아미와 독고비의 눈에 띄었다.

하지만 그녀들은 손과 검을 멈추지 않고 휘둘러서 그것들을 쳐냈다. 그것들이 무엇인지든지 간에 쳐낼 수밖에 없는 상황이기 때문이다.

퍼퍼퍼퍽!

순간 강막과 검막에 닿은 작은 공들이 둔탁한 소리를 내면서 일제히 터졌다.

촤아아!

그러더니 누런 액체가 빗물처럼 쏟아져서 두 여자는 삽시간에 온몸이 흠뻑 젖고 말았다.

강막과 검막은 화살은 쳐낼 수 있어도 액체를 쳐낼 수는 없는 일이다.

독고비는 역한 비린내가 코를 찌르는 것을 느끼고 움찔 교구를 떨었다.

'이것은 기름!'

그녀들이 온몸에 뒤집어쓴 것은 다름 아닌 기름이었다. 몸뿐 아니라 주위 바닥에도 기름이 흥건했다.

알 수 없는 불길함이 독고비의 뇌리를 강타했다.

'놈들이 무엇 때문에 기름을……?'

미끌미끌하고 끈적끈적한 누런 기름을 머리에서부터 발끝까지 뒤집어쓴 두 여자의 모습은 괴이했다.

그러는 중에도 화살과 기름을 담은 공들이 무수히 쏟아져 내렸고, 두 여자는 그것들을 쳐냈으며, 기름이 계속 그녀들의 온몸을 적시고 주변에 흘러넘쳤다.

그렇다고 기름이 담긴 공들이 화살들 사이에 섞여 있기 때문에 쳐내지 않을 수가 없는 상황이다.

그 순간 기름에 대해서 곰곰이 생각하던 독고비의 뇌리를 번뜩 스치는 것이 있었다.

'불이다!'

그녀들의 온몸은 기름을 뒤집어쓴 상태고, 주변의 땅은 온통 기름이 고여 있다.

이런 상황에서 조그만 불씨라도 닿는다면 순식간에 불기둥이 치솟을 것이다.

하지만 아미는 상황이 얼마나 심각한지를 아직 모르고 있는 듯했다.

하기야 천족인 그녀가 인간의 간악함과 잔인함에 대해서 어찌 알겠는가.

"언니! 당장 여기에서 벗어나야만 해요!"

독고비는 뒤돌아볼 수 없는 상황에서 다급히 외쳤다. 그녀는 이 와중에 '언니'라는 호칭을 사용했다. 평소라면 그런 호칭이 쉽게 나오지는 않았을 것이다.

아미는 양손을 쉬지 않고 휘둘러서 강막으로 화살을 튕겨내고 공을 터뜨리면서 말했다.

"문주를 두고 갈 수는 없어요."

평상시와 다름없는 자늑자늑 여유있는 목소리다. 그리고 기개세에 대한 충성심이 가득 담겨 있었다.

독고비는 답답했다.

"불이에요! 놈들은 곧 화공을 펼칠 거예요!"

"화공?"

그제야 아미는 아름다운 눈을 약간 크게 떴다.

파아아……!

그때 여태까지와는 다른 소리가 허공을 뒤덮었다.

독고비의 얼굴이 다급함으로 물들었다.

'늦었어!'

화살과 공이 아니라 이번에는 불화살이다. 독고비의 불길함이 적중했다.

"호신강기를 펼쳐요!"

독고비가 날카롭게 외쳤다. 호신강기를 펼치면 불화살을 튕겨낼 수 있기 때문이다.

하지만 아미가 언제까지 호신강기를 펼칠 수 있을지, 그리고 얼마나 오래 불화살이 쏟아질지는 의문이다.

그녀가 호신강기를 거두면 그 즉시 두 여자는 불덩어리가 되고 말 것이다.

그런데 문제는 전혀 엉뚱한 데서 벌어졌다. 아미가 호신강기를 펼치지 않은 것이다.

독고비는 정신이 아득해졌다. 아미가 왜 호신강기를 펼치지 않는 것인지 따질 여유도 없다. 독고비 자신이라도 호신막을 펼쳐야만 하는 것이다.

호신강기와 호신막은 전혀 다른 위력을 지니고 있다. 호신
강기는 말 그대로 강기다. 그 무엇으로도 호신강기를 뚫지 못
하고 범접할 수가 없다.

하지만 호신막은 하나의 막(幕)에 불과할 뿐이다. 강력한
검기나 장력에는 찢어질 수도 있으며, 강기에는 여지없이 파
훼되고 만다.

더구나 독고비는 아미까지 보호할 만큼 큰 호신막을 펼칠
자신이 없다.

하지만 지금으로선 해보는 수밖에 없다. 독고비는 순간적
으로 공력을 극한으로 끌어올려 호신막을 일으켜서 자신과
아미를 덮었다.

후우우…….

독고비는 입술을 힘껏 깨물었고, 목과 이마에 힘줄이 불끈
솟았다.

투투투타타탕!

다음 순간 불화살들이 두 여자의 머리 위 반 자쯤에서 마구
튕겨졌다.

"그러지 않아도 돼요."

그때 아미가 독고비를 돌아보면서 방그레 미소를 지었다.

미소라니…….

독고비는 어이가 없다 못해서 발끈 신경질이 났다. 평소라
면 아미의 때 묻지 않은 순수함이 고결하게 보일지 모르지만,

생사의 고비에 놓여 있는 지금은 짜증스러웠다.

더구나 독고비는 호신막을 넓고 크게 펼치고 있느라고 공력이 급속히 쇠잔해지는 것을 느끼며 절망이 엄습했다.

'아… 안 돼!'

그러나 능력의 한계는 어쩔 수가 없는 것이다.

퍼퍼퍽!

다음 순간 호신막이 여지없이 찢어지면서 불화살들이 두 여자의 머리 위로 우박처럼 쏟아졌다.

독고비의 얼굴이 새하얗게 탈색되었다. 그녀는 어디에 있는지 모를 기개세를 목이 찢어져라 외쳐 불렀다.

"대가! 살려줘요!"

그때 아미가 다시 독고비를 돌아보면서 살포시 미소 지었다.

"바쁜 문주는 왜 불러요?"

독고비는 기가 막혔다. 그 순간 그녀의 머리와 몸에, 그리고 발밑에 불화살들이 후두두 마구 떨어졌다.

'끝났어.'

그런데 그때 왜 하필이면 기개세와의 격렬했던 정사의 기억이 생생하게 떠오르는 것인지 모를 일이다.

더구나 온몸이 녹아버릴 듯한 절정의 환희를 느꼈던 바로 그 순간이 말이다.

화르르!

독고비의 온몸에 눈 깜빡할 사이에 불길이 확 일어났다.

그 짧은 순간에 그녀는 오직 한 가지 생각만 했다. 죽기 전에 기개세의 모습을 한 번만 더 볼 수 있으면 더 바랄 것이 없겠다는 것이다.

하지만 그런 소원이 이루어질 리가 없다. 이십일 세의 짧은 그녀의 생은 이렇게 한 줌 재로 끝나고 마는 것이다.

시뻘겋게 이글거리는 불길 너머로 패가수와 울고수, 울군사들의 모습이 보였다.

그들은 하나같이 두 손을 늘어뜨린 채 득의한 얼굴로 구경을 하고 있었다.

그때 문득 독고비는 이상한 것을 느꼈다.

'뜨겁지 않다.'

이 정도의 거센 불길에 휩싸이면, 아니, 몸이 활활 불타고 있으면 필경 무지하게 뜨거울 텐데도 이상하게 조금도 뜨겁지 않았다.

그래서 원래 몸이 불타면 뜨거움을 느끼지 못하는 것인가 하는 생각이 들었다. 한 번도 불에 타본 적이 없기 때문에 당연한 의문이다.

그때 그녀는 새로운 사실 하나를 발견했다. 자신의 몸을 태우고 있는 불길이 조금 멀게 느껴졌다.

그녀는 눈을 깜빡거리면서 자신의 몸을 자세히 살펴보았다. 그랬더니 불길이 몸에서 일어나는 것이 아니라 몸과 두 뼘쯤의 거리를 두고 불타고 있다는 사실을 깨달았다.

그것은 마치 그녀의 몸 주위에 두 뼘의 거리를 두고 보이지 않는 투명의 막이 둘러쳐져서 불이 침범하지 못하는 듯한 광경이었다.

'꿈인가?'

그러면서 그녀는 무심코 아미를 돌아보다가 놀라서 눈을 동그랗게 크게 떴다.

아미는 다소곳이 서서 그녀를 보면서 방그레 미소를 짓고 있는 것이 아닌가.

조금 전에 독고비가 다급하게 호신강기를 펼치라고 외치자 '그러지 않아도 돼요' 라고 말하면서 방그레 지어 보였던 바로 그 미소다.

그때 아미의 목소리가 독고비의 머릿속을 가만가만 울렸다.

[천신기혼을 갖고 있는 사람은 수화불침(水火不侵), 만독불침(萬毒不侵)이에요.]

그것은 육성도 전음도 아닌 마음의 말, 즉 심어(心語)였다.

"……."

너무도 엄청난 사실을 알게 된 독고비는 아무 말도 할 수가 없었다.

단지 순간적으로 인간 본연의 의구심, 즉 불신의 표정이 얼굴에 가득 떠올랐다.

[이제 보니 문주께서 그대의 천신기혼을 많이 일깨워 주셨군요. 최소한 다섯 번 정도인 것 같아요.]

독고비는 원래 천신족이기 때문에 같은 천신족과 정사를 하면 천신기혼을 일깨울 수가 있다.

그런데 아미의 말은 그녀가 모르고 있던 사실 하나를 깨우쳐 주었다.

즉, 천신족과 정사를 많이 하면 할수록 잠재되어 있던 천신기혼이 더 많이 일깨워진다는 사실이다.

독고비는 어젯밤에 기개세와 다섯 차례 정사를 했다. 처음부터 세 차례는 기개세의 뜻이었고, 마지막 두 차례는 그녀가 원해서 치른 정사였다.

'그랬었구나.'

그런 생각을 하자 기개세가 너무도 고마워서 눈물이 왈칵 솟구쳤다.

그때 아미의 심어가 다시 독고비의 머릿속을 울렸다.

[우리 이제 저자들을 혼내주도록 해요.]

독고비는 퍼뜩 정신이 들었다. 아미 말대로 하면 정말 재미있을 것 같았다.

[우리가 불구덩이에서 달려나가면 필경 놈들은 까무러치고 말 거예요.]

독고비는 단지 그런 생각만 했을 뿐인데 심어가 되어 아미에게 전해졌다.

[까무러치는 자들을 징계하는 것은 어렵지 않아요.]

아미의 그런 대답을 듣고서야 독고비는 자신이 심어를 했다는 사실을 깨달았다.

소나기처럼 쏟아져 내리던 불화살은 패가수의 명령으로 멈춘 상태다.

두 여자를 공격하던 패가수와 수하들은 공격을 멈춘 채 그녀들이 불타고 있는 광경을 지켜보고 있다.

아니, 그녀들이 불타는 모습은 잘 보이지 않는다. 반경 오장 이내가 온통 기름 바다라서 거대한 불덩이가 형성되어 그녀들의 모습이 파묻혀 버렸기 때문이다.

그러므로 패가수를 비롯한 모든 사람들은 두 여자가 불구덩이 속에서 살아 나올 것이라고는 단 일 푼도 생각하고 있지 않았다.

파아—!

그 순간 커다란 불구덩이 속에서 하나의 불덩어리가 튀어나와 쏜살같이 패가수 쪽으로 쏘아왔다.

"헛!"

"우왓!"

"와앗!"

그쪽 방향에 있던 수하들이 혼비백산하는 것은 당연지사. 오죽하면 패가수마저도 놀라서 헛바람 소리를 냈다.

불구덩이 속에서 튀어나온 하나의 불덩어리는 쏘아오면서

두 개로 갈라졌다.

하나는 곧장 패가수를 향해서, 또 하나는 그 옆에 서 있는 오룡신장을 향해 무서운 속도로 쇄도하고 있는데, 패가수를 향해 쏘아오는 불덩어리가 조금 더 빨랐다.

"어……."

패가수는 놀랄 겨를도 없이 불덩어리가 자신의 코앞까지 들이닥치자 멀거니 쳐다보기만 했다. 방어를 하기에도, 피하기에도 이미 늦었다.

설사 불구덩이 속에서 불덩어리가 쏘아온다는 사실을 미리 알고 있었다고 해도 피하지 못할 정도로 엄청나게 빠른 속도였다.

또한 패가수는 자신을 향해서 쏘아오는 불덩어리가 무엇인지도 생각할 겨를이 없었다.

단지 불덩어리가 일 장 전면까지 쇄도했을 때 그 속에서 흐릿한 엷은 금광이 일직선으로 뿜어져 나오는 것을 발견하고 본능적으로 쌍장을 뻗었다.

그의 쌍장에서 발출된 것은 무량대신공 파멸겁이다.

구오옷!

창졸간에 발출한 것이기는 하지만 그 위력은 가히 산악을 쪼갤 정도다.

쩌어엉!

"흐악!"

그러나 불덩어리 속에서 튀어나온 엷은 금광과 부딪친 파
멸겁은 발출할 때보다 더 빠른 속도로 패가수를 향해 되쏘아
왔다. 아니, 파멸겁만이 아니라 금광까지 한 덩어리가 되어
있었다.

패가수는 온몸이 산산조각 분해되는 충격을 받고 처절한
비명을 지르면서 화살보다 더 빨리 허공으로 날아갔다.

오룡신장을 향해서 쏘아간 불덩어리, 즉 독고비는 수중의
검을 두 손으로 잡고 머리 위로 치켜들었다가 맹렬하게 그어
내리면서 소림사의 절초식인 대력금강검(大力金剛劍)의 최후
절초를 전개했다.

쾌애액!

불덩어리 속에서 또 하나의 불덩어리가 반달처럼 휘어진
모양으로 폭발하듯이 튀어나왔다.

대력금강검의 최후 절초는 원래 검기를 발출하는 것이지
만, 지금은 검기에 불이 입혀져서 그 위력이 배가되었다.

오룡신장은 불덩어리가 자신을 향해 쏘아오는 순간 반사
적으로 어깨에 메고 있던 한 자루 검을 뽑았다.

그는 웬만큼 절박한 순간이 아니면 검을 사용하지 않는다.
그 도는 전체가 먹물처럼 검은색의 오룡신철(烏龍神鐵)로 만
들어진 오룡신검(烏龍神劍)이다.

쇠와 암석을 두부처럼 베고 자르는 개세적인 위력을 지닌
신검이다.

오룡신장은 오룡신검을 뽑는 기세에 전력을 실어서 그대로 자신의 성명절기인 오극강을 발출했다. 즉, 발검지강(拔劍之罡)인 것이다.

콰우우ㅡ!

독고비가 아미보다 찰나지간 느린 것이 오룡신장으로 하여금 그나마 반격이라도 할 수 있는 기회를 주었다.

쩌꺼껑!

"크윽!"

다음 순간 굉장한 폭음이 터졌다. 그리고 그 속에서 누군가의 답답한 신음이 흘렀다.

평범한 장검인 독고비의 검은 오룡신검에 부딪치자 산산조각나면서 오룡신장의 온몸에 쑤셔 박혔다.

그리고 엄청난 충격 때문에 오룡신장은 쥐고 있던 오룡신검을 놓쳤다.

허공으로 솟구치는 오룡신검을 독고비가 낚아채고는 아래로 하강하며 적을 향해 떨쳐 냈다.

콰우우!

아직도 불덩어리 상태인 독고비의 오룡신검에서 여러 갈래 불꽃이 뿜어져 나가 적들을 무더기로 불태웠다.

그녀보다 한 걸음 앞서 패가수를 날려 버린 아미도 파죽지세로 적들을 도륙하고 있었다.

"크으으……."

아미와 격돌한 곳에서 삼십여 장이나 날아가서 백사장에 내동댕이쳐진 패가수는 온몸을 부들부들 떨어대면서 일어나지 못했다.

그는 온몸의 뼈라는 뼈는 다 부러지고 내장이 토막 나고 심맥과 혈맥이 터져서 칠공에서 검붉은 피를 흘렸다.

너무도 극심한 고통에 그는 온몸을 사시나무 떨 듯이 떨다가 그대로 혼절해 버렸다.

기개세는 그로부터 반 시진이 더 지날 때까지도 끝내 남궁산을 찾아내지 못했다.

그가 남궁산을 찾는 과정에서 죽인 적의 수는 무려 팔백여 명에 달했다.

아무도 기개세의 적수가 되지 못했다. 덤비는 족족 그가 발출하는 천신기혼에 급소가 적중되어 즉사를 면치 못했다.

그런데도 울고수와 울군사들은 추호도 두려워하지 않고 끝없이 계속 공격했다.

달라진 것이 있다면 시간이 지날수록 공격이 점점 더 치밀해지고 위력적이 되고 있다는 사실이다.

울군사의 최소 단위인 이십 명 규모의 조직, 즉 소척대(小擲隊)와 사백 명 규모인 중곤대(中坤隊), 만 명 규모인 군연대(軍聯隊) 간의 상호 명령체계가 원활하고 기민해서 처음보다 몇 배나 강력한 합공을 발휘했다.

울고수들은 그들대로 울군사들이 공격하는 선봉에 서거나 틈새를 완벽하게 보강하면서 공격을 퍼부었다.

울고수와 울군사들의 공격하고 물러나는 진퇴(進退) 역시 시간이 지날수록 빨라졌고 또 혀를 내두를 정도로 조직적이 되어갔다.

또한 활과 장창, 도검을 시기적절하게 사용하는가 하면, 진법(陣法)까지도 자유자재로 펼쳤다가 거두는 강군(强軍)의 면모를 유감없이 발휘했다.

그런 것을 보면 울제국의 고수와 군사들이 어째서 그토록 손쉽게 대명제국을 짓밟았는지 어렵지 않게 알 수 있었다.

스긍.

기개세는 마침내 절대신검을 뽑아 들었다.

찾고자 하는 남궁산은 찾을 길이 없고, 울고수와 울군사들의 기세가 갈수록 거세지자 물러서기보다는 오히려 살심이 크게 솟구친 것이다.

스스로 물러가지 않는 한 어차피 모조리 죽여야만 하는 오랑캐들이다.

평화로운 이 땅에 쳐들어와서 온 천하를 피로 적시고 있는 악의 무리가 아닌가.

츠으으.

기개세가 전면을 향해 절대신검을 천천히 들어 올리자 검첨에서 육안으로 거의 보이지 않을 정도의 흐릿한 천신기혼이 반 장 가까이 뿜어지면서 마치 네 발로 힘껏 땅을 박차고 달려나가려는 준마처럼 꿈틀거렸다.

검첨에서 천신기혼을 발출하려면 십 장이든 이십 장이든 거리의 문제가 아니다.

현재 그의 능력으로는 손이나 검을 사용해서 천신기혼을 최대 백여 장까지 발출할 수가 있다.

"이놈들, 아예 씨를 말려주마."

기개세는 한 무리의 중곤대가 빠르게 물러가면서 또 다른 두 개의 중곤대가 좌우 측면에서 조직적으로 협공해 오는 광경을 보며 잔인한 미소를 입가에 머금었다.

그는 전혀 서두르지 않았다. 천천히 앞으로 걸음을 옮기면서 절대신검을 좌에서 우로 한차례 시험 삼아서 그었다.

부우우!

순간 절대신검에서 흐릿한 검강이 삼 장이나 뿜어져서 공격해 오던 적들을 무더기로 잘라 버렸다.

"크아악!"

"크액!"

"와악!"

급소고 뭐고 없다. 검강에 걸리면 몸뚱이든 목이든 뎅겅뎅겅 잘라져서 피분수를 뿜으면서 쓰러졌다. 단 한 번의 칼질에 이십여 명이 무더기로 떼죽음을 당했다.

그리고 죽지 않고 팔다리가 잘린 수십 명은 백사장에 쓰러져 잘린 부위에서 피를 뿜어내면서 버둥거리며 애끓는 신음을 터뜨렸다.

"후후후, 이제 내가 누군지 알아보겠느냐?"

기개세는 흐릿하게 웃으면서 적들 속으로 뛰어들며 연이어 절대신검을 휘둘렀다.

부우우—

이번에는 사 장 길이의 긴 검강이 노를 젓듯이 그어지자 사오십 명이 한꺼번에 처절한 비명을 지르며 핏물 속으로 거꾸러졌다.

그토록 용맹하던 울고수와 울군사들이지만, 기개세가 절대신검을 십여 차례 휘둘러 순식간에 삼백여 명을 죽이고 그보다 서너 배 더 많은 부상자를 만들자 함부로 공격하지 않고 주춤주춤 물러나기 시작했다.

그 광경을 보는 기개세는 으스스하게 잔인한 미소를 흘렸다.

"후후, 아직 멀었다. 이것은 시작일 뿐이다."

슈우우.

말과 함께 그는 적들이 가장 많이 몰려 있는 곳으로 빛처럼 쏘아가며 절대신검을 그어댔다.

추풍낙엽. 매서운 가을바람에 우수수 떨어져 흩날리는 나뭇잎처럼 적들은 앞 다투어 구슬픈 비명과 함께 차가운 백사장에 얼굴을 묻고 몸을 뉘었다.

　다시 백여 명을 더 죽이고 나서 기개세는 쩌렁쩌렁한 목소리로 외쳤다.

　"남궁산! 아직도 기어나오지 않는 것이냐? 얼마나 더 죽여야 나올 셈이냐?"

　사자후도 아닌데 너무도 심후한 천신기혼이 실린 목소리에 기개세 가까이에 있던 적들은 입과 코에서 피를 쏟으며 거꾸러졌다.

第百八章
황하도륙(黃河屠戮)

남궁산은 기개세로부터 이백여 장 이상 멀리 떨어진 작은
모래언덕 뒤에 잔뜩 웅크린 채 숨어 있었다.

그곳에서 그는 기개세를 훔쳐볼 엄두조차 못낸 채 숨소리
도 죽이고 있다.

그는 자신이 겁이 질려서 바들바들 떨고 있다는 사실을 아
까부터 이미 알고 있었다.

처음에는 떨리는 것을 억제하려고 애썼으나 뜻대로 되지
않자 그대로 내버려 두었다.

떨리는 것을 억제한다고 해봤자 마음속에서 미친 듯이 솟
구치는 공포마저 억제할 수는 없기 때문이다.

처음에 그는 기개세를 보는 순간 감당하기 어려운 살심이 치솟았었다.

하지만 기개세를 죽이려다가 오히려 그에게 죽을 뻔하고 또 이리저리 사력을 다해서 도망쳐 다니면서 그에 대한 공포심이 차곡차곡 쌓여갔다.

그리고 그가 마치 지옥에서 강림한 사신(死神)인 양 농부가 논의 벼를 베듯이 울고수와 울군사들을 무차별 도륙하는 광경을 보면서 공포심이 극대화되었다.

마음속에서 기개세에 대한 저주와 증오가 꿈틀거리고 있지만, 그것은 공포심에 파묻혀 버렸다.

기개세는 사신이고 나는 한 마리 하찮은 벌레다. 그런 생각이 머리에서 떠나지 않았다.

그에게 발각되는 순간 나는 죽는다. 그런 공포심이 온 정신과 몸을 옭죄어서 꼼짝도 하지 못하게 만들었다.

그리고는 그러는 자신이 너무도 가증스러웠다. 그런가 하면 나약하기만 한 자신이 가련하다는 생각도 들었다.

그런 밑도 끝도 없으며 또한 종잡을 수 없는 복잡한 심정들이 '가없는 공포' 라는 이름으로 뭉뚱그려져서 그를 모래언덕 뒤에서 꼼짝도 못하고 숨어 있도록 만든 것이다.

눈을 질끈 감고 있는 그의 귀에는 사신 기개세의 실로 개세적인 무위에 죽어가는 울고수와 울군사들의 구슬픈 비명 소리만이 들려올 뿐이다.

바로 그때 기개세의 쩌렁쩌렁한 외침이 들려온 것이다. 그것이 남궁산을 더욱 움츠러들게 만들었다. 그는 더욱 몸을 납작하게 만들어서 엎드렸다.

기개세가 미쳐서 날뛰는 이유가 오로지 남궁산 자신을 끌어내기 위함이라는 사실을 새삼스럽게 확인하게 되자 극에 달한 공포심 때문에 처음에는 등골이 저미는 듯이 아프기 시작하더니 곧 온몸이 쪼개지는 듯이 고통스러웠다.

공포가 몸을 아프게 하다니 들어보지도 못한 기가 막히는 노릇이다.

"헉!"

그때 남궁산은 잔뜩 웅크려 있는 자신의 뒷목에 섬뜩하게 차가운 쇠붙이가 닿는 것을 느끼고 두 눈이 찢어질 정도로 부릅뜨며 혼비백산했다.

그는 지금 자신의 뒷목에 닿은 것이 필경 기개세의 검이라고 생각했다.

사타구니가 뜨뜻하고 축축한 액체가 옷을 적시고 있지만 그는 깨닫지 못하고 있다.

그저 그가 느끼고 있는 것은 뼛속에 스며드는 엄청난 공포심뿐이었다.

"흐아악!"

"크애액!"

그런데 그가 숨어 있는 모래언덕 너머 저 멀리에서 여전히 처절한 비명성이 들려오고 있었다.

그것은 여태까지 들었던 비명성하고 다르지 않았다. 그것은 아직도 기개세가 저곳에서 도륙을 하고 있다는 뜻이다.

의문이 뭉클 솟구치자 남궁산은 자신도 모르게 상체를 조금 일으켰다.

"윽."

그러나 그 순간 뒷목에 닿아 있던 검첨이 그의 목을 한 치 정도 파고들었다.

그리고 뒤에서 그의 목을 찌르고 있는 검 주인의 서릿발처럼 냉혹한 중얼거림이 들려왔다.

"남궁산, 네놈의 목숨 하나가 수하들 목숨 몇 개의 가치가 있다고 생각하느냐?"

'마조……'

남궁산의 뒷목을 검으로 찌르고 있는 자는 마조였다. 남궁산이 패가수의 사랑을 독차지한 것 때문에 자신이 찬밥 신세가 됐다고 믿고 있는 바로 그 마조다.

마조는 검첨에 찔려서 피가 줄줄 흐르는 남궁산의 뒷목을 쏘아보면서 입술을 씰룩거리며 내뱉었다.

"솔직히 네깟 중원 놈의 목숨은 우리 서장의 개 한 마리 목숨만도 못하다."

"……"

　남궁산은 마조가 왜 이러는 것인지 머리가 터지도록 생각했지만 도저히 이해할 수가 없다.

　"이… 이군주… 왜 이러는 것인가? 장난이라면 그만두게."

　그렇게 말하면서도 알 수 없는 불길함 때문에 남궁산의 목소리는 와들와들 떨렸다.

　"장난? 네놈에겐 이게 장난으로 여겨지는 것이냐?"

　"이군주……."

　"아가리 닥쳐라."

　마조의 목소리는 나직했으나 그 속에는 소외당한 자의 증오심이 똘똘 뭉쳐 있었다.

　"더 이상 너 같은 중원의 쓰레기 때문에 내 수하들이 죽게 내버려 둘 수 없다."

　남궁산은 조금씩 마조의 의도를 짐작할 수 있게 되었다.

　조금 전에 검첨이 뒷목에 닿았을 때 흘러나오기 시작한 오줌이 아직도 계속 흘러 아랫도리를 다 적셨다. 그 나약함이 또 그를 비참하게 만들었다.

　"버러지 같은 자식, 무서운 게냐? 그래서 오줌을 싸고 있는 것이냐?"

　비웃음이지만 남궁산은 그것에 반발하지 못했다. 아니, 그보다는 자신의 목숨을 구할 수만 있다면 마조의 발바닥이라도 핥을 수 있다는 생각이 들었다.

속으로는 자신이 지독하게도 구차하다는 생각이 들었으나, 그러면 그럴수록 더 간절하게 살고 싶었다.

"이군주……."

"일어나서 네 발로 태문주에게 가라."

"……."

남궁산이 무언가 감언이설이나 애걸을 해서 목숨을 건지려고 하는데 마조의 싸늘한 말이 여지없이 잘라 버렸다.

그다음에는 더욱 살벌한 말이 남궁산의 등골을 저리게 만들었다.

"아니면 이 자리에서 내 손에 죽는다."

드윽.

"흐으윽……."

말과 함께 마조의 검첨이 한 치 더 깊이 남궁산의 뒷목으로 파고들었다.

이제는 여태까지 숨어 있던 곳에서 일어날 수밖에 없다. 아니면 이 정신 나간 마조라는 놈에게 허무하게 죽고 만다. 빌어먹을. 총군주는, 아니, 패가수라는 놈은 도대체 어디에 있다는 말인가.

남궁산은 몸을 와들와들 떨면서 꾸물꾸물 몸을 일으켰다. 너무 많이 싸서 완전히 젖어버린 아랫도리에서는 지린내를 풍기며 오줌이 뚝뚝 떨어졌다.

"가라."

남궁산이 벌벌 떨리는 다리로 엉거주춤 간신히 일어서자
마조가 검첨을 조금 더 찌르면서 밀었다.

"흐으……."

남궁산은 첫 걸음을 옮겼다. 이곳에서 이런 미친놈에게 죽
는 것보다는, 태문주에게 걸어가는 동안 살 궁리를 해보는 것
이 더 나을 것이라는 생각이다.

푹!

"끄윽……."

남궁산이 막 두 번째 걸음을 내디디려고 할 때 갑자기 마조
가 답답한 신음을 흘렸다.

그러더니 남궁산의 뒷목을 찌르고 있던 검이 뽑혔다.

풀썩!

뒤이어 뒤쪽에서 뭔가 묵직한 물체가 모래바닥에 쓰러지
는 소리가 들렸다.

그런데도 남궁산은 너무 겁을 집어먹어서 뒤돌아볼 엄두
를 내지 못했다.

"일군주님, 괜찮으십니까?"

그때 뒤에서 굵직하면서 염려스러운 목소리가 들렸다. 평
소에 패가수와 남궁산이 신뢰하던 삼군주의 목소리다.

푹!

"으으……."

그 순간 남궁산은 긴장이 풀려서 신음과 함께 그 자리에 무

릎을 꿇으며 주저앉았다.

온몸의 기운이 쭉 빠졌고, 이제 살았다는 생각 외에는 아무 생각도 나지 않았다.

자신이 이다지도 목숨에 연연하는 놈이었는지, 이처럼 하찮은 인간이었는지 따위는 아무래도 상관이 없었다.

'살았다…….'

그 생각밖에 나지 않았다.

천천히 고개를 돌리니 자신의 뒤에 하늘을 향해 누워 있는 마조의 모습이 보였다.

마조의 목에서는 피가 쿨럭쿨럭 솟구쳤으며, 부릅뜬 눈은 껌뻑이고 있었다.

남궁산의 목을 찌르며 위협하던 그는 삼군주에게 목이 관통되어 죽은 것이다.

"너… 비열… 한… 놈……."

마조의 눈이 희번덕이며 남궁산에게 향했고, 그의 입에서 핏물과 함께 더듬거리는 목소리가 새어 나왔다.

남궁산은 주먹을 들어 올렸다가 힘껏 내려쳤다.

퍽!

마조의 머리가 박살 나면서 뇌수와 피가 튀었다.

기개세에 대한 원한과 자신에 대한 비참함이 담긴 주먹질에 진정한 서장인 마조는 유명을 달리했다.

　기개세는 쏘아가던 신형과 휘두르던 절대신검을 멈추었다.

　여전히 남궁산은 나타나지 않고 있다.

　그리고 기개세 주위에는 서 있는 자가 단 한 명도 없다.

　모조리 쓰러져 있다. 쓰러져 있는 자들은 죽거나 몸의 일부분이 잘려져서 움직일 수 없는 자들뿐이다. 신음 소리가 지옥 유부에서 흘러나오는 것처럼 으스스했다.

　절대신검을 늘어뜨린 채 우뚝 서 있는 기개세의 주변에 널려 있는 시체와 부상자들 때문에 백사장이 보이지 않았다.

　그를 중심으로 반경 오십여 장 이내가 모조리 시체와 부상자들로 뒤덮여 있는 것이다.

　그는 이곳 황하변에 도착한 이후 두 시진여 동안 무려 삼천여 명을 죽였다. 부상자는 이천여 명에 달했다.

　아니, 그것은 도살(屠殺)이라고 해야 옳았다. 도한(屠漢:백정)이 소나 돼지를 도살하듯이 기개세는 울제국의 고수와 군사들을 도살한 것이다..

　싸움이란 어느 정도 대등한 위치와 조건을 갖춘 두 사람이나 두 개의 세력이 승패를 겨루는 것을 가리킨다.

　그런 의미에서 봤을 때 기개세는 무기력한 적들을 그저 도살한 것에 불과했다.

　그토록 용감무쌍하던 울제국의 고수와 군사들도 지금은

멀찍이 백여 장 밖으로 물러난 상태에서 기개세 주변에는 얼씬도 하지 못하고 있다.

십칠만 명 중에서 삼천여 명이 죽었다는 것은 여전히 빙산의 일각일 뿐이다.

하지만 그들 모두가 단 한 사람에게 죽었다는 사실과 그 사람이 너무도 잔인무도한 방법으로 죽였다는 사실 때문에 살아 있는 십육만칠천여 명의 골수에는 공포가 전염병처럼 퍼져 버린 것이다.

"이것은……."

기개세는 목불인견의 참혹한 참상을 둘러보면서 가볍게 눈살을 찌푸렸다.

'지독하군.'

그는 쥐고 있는 절대신검을 들어 올려 굽어보았다.

하지만 후회 같은 것은 들지 않았다. 단지 께름칙한 기분이 조금 들 뿐이다.

"아름다운 죽음이란 없어요. 죽음은 그저 죽음이에요. 삼황사벌은 우리 중원 사람들을 이보다 더 잔인하게 죽였어요."

그때 뒤에서 독고비의 자늑자늑한 고운 목소리가 들렸다. 어느새 다가온 그녀는 기개세의 지금 심정을 헤아린다는 듯 그렇게 위로했다.

아미와 독고비는 기개세 뒤에 나란히 서 있었다. 그녀들은 둘이서 적을 오백여 명 가까이 죽였다.

기개세와 합쳐서 삼천오백여 명을 죽인 것이다. 물론 기개세도 그녀들도 다치지 않았다.

기개세는 빙그레 미소 지었다.

"네 말이 맞다."

"우리 이제 그만 가요."

독고비는 기개세 곁으로 다가와 그의 팔을 자신의 허리에 두르며 애교 섞인 목소리로 종알거렸다.

아미는 그 모습을 방그레 미소를 지으며 바라보았다.

기개세는 절대신검을 어깨의 검실에 꽂으면서 일부러 밝게 웃었다.

"하하하! 그래, 가자꾸나. 피 냄새가 역하다."

이어서 그는 독고비의 허리를 안은 채 번쩍 수직으로 신형을 솟구쳤고, 아미가 그의 뒤를 바짝 따랐다.

울제국의 고수와 군사들은 까마득한 허공으로 사라져 가는 기개세 일행을 그저 멀거니 쳐다보고만 있을 뿐이다.

그리고 뒷목에서 피를 흘리면서 축축한 바지를 그대로 깔고 뭉갠 채 앉아 있는 한 사람, 남궁산은 무거운 짐을 내려놓은 듯 긴 한숨을 토해냈다.

"휴우……."

그러나 공포가 사라지는 것보다 더 빨리 원한이 그 자리를 대신 메웠다.

"으드득! 유영 이놈!"

그의 저주는 황하변 백사장 위에 떠도는 삼천오백여 개의 영혼의 울부짖음에 곧 묻혀 버렸다.

＊　　　＊　　　＊

기개세 일행은 개봉성에서 철수한 기무군과 나궁조, 담무혁보다 훨씬 빨리 낙양성에 도착했다.

그들이 소옥군 등과 함께 점심 식사를 하고 있을 때 나신효는 개봉성에서 보내온 다섯 번째 전서구가 갖고 온 서찰을 읽고 있었다.

첫 번째 전서구는 기개세와 아미, 독고비가 개봉성 북쪽 십오 리의 황하 강변에서 울제국의 십칠만 고수와 군사들과 싸움이 붙었다는 내용이었다.

그리고 계속 날아든 전서구에는 훗날 '황하도륙'이라고 명명될 황하 강변의 싸움을 지켜본 천라대 고수의 보고 내용이 자세히 적혀 있었다.

그리고 마지막 다섯 번째 전서구가 나신효에게 도착한 지 일각이 지났을 때 그는 서찰을 갖고 방을 나와 도기운에게 가고 있었다.

"이게……."

　나신효가 내민 서찰을 읽고 난 도기운은 크게 놀랐다. 하지만 정말이냐고 묻지 않았다. 나신효가 잘못된 보고를 할 리가 없다.

　서찰에는 '황하도륙'의 마지막 결과가 적혀 있었다. 기개세와 아미, 독고비 세 사람이 울제국 십칠만 명을 상대로 싸워서 두 시진 만에 삼천오백여 명을 죽이고 이천여 명을 부상 입혔다는 내용이다.

　또한 울제국 토벌총군주인 패가수와 오룡신장은 생사가 불분명하고, 울제국 고수와 군사들은 전의를 상실한 채 싸우기를 포기했으며, 기개세 일행은 유유히 그곳을 떠났다는 내용이 덧붙여 있었다.

　"믿어지지 않는 일이로군."

　도기운은 기쁘다기보다는 너무도 엄청난 일에 온몸이 찌릿찌릿하며 소름이 돋았다.

　나신효는 수하들로부터 다섯 차례 전서구를 받았으나 마지막 전서구를 받은 후에야 도기운에게 보고를 했다. 그 자신도 쉽사리 믿을 수 없는 일이기 때문이었다.

　"태문주의 위용이 이 정도일 줄이야……."

　돋았던 소름이 사라지면서 도기운의 얼굴에는 점차 기쁜 표정이 떠오르기 시작했다.

　나신효가 끄덕였다.

　"신이 되어서 돌아오셨으니까요."

“그렇지. 천신이시지.”

기개세와 아미, 독고비는 아무도 몰래 낙성검가에 도착한 이후 함께 깨끗이 목욕을 하고 옷을 갈아입었기 때문에 그들이 황하 강변에서 무림사에 영원히 남을 싸움을 조금 전에 끝내고 돌아왔다는 사실을 측근들은 알지 못했다.

기개세 좌우에는 아미와 소옥군이 앉았고, 활짝 벌리고 앉은 다리 사이에는 조그만 소랑이, 아미 옆에는 독고비, 소옥군 옆에는 나운상이 앉았다.

“그런데 우린 어떻게 남경성까지 가나요?”

식사를 하다가 나운상이 불쑥 기개세에게 물었다.

“글쎄……..”

“언니 생각은 어때요?”

기개세가 빙그레 미소만 짓자 나운상은 소옥군에게 물었다.

그러자 소옥군은 우아하게 미소 지으며 아미에게 물었다.

“언니는 어떻게 가는 게 좋겠어요?”

아미는 삼백여 년 전에 팔대문주인 독고성을 모셨으니까 인간 세상의 나이로 치면 최소한 삼백 살이 넘었다.

그러므로 ‘언니’ 라는 호칭보다는 할머니라고 불러도 모자랄 정도다.

하지만 그녀의 외모를 보면 겨우 십칠팔 세로밖에는 보이지 않기 때문에 오히려 그녀가 소옥군과 나운상 등에게 언니라고 불러야 할 것 같다.

소옥군의 물음에 아미는 생각할 것도 없다는 듯 손가락 하나를 세우면서 밝게 대답했다.

“배.”

기개세를 제외한 모두들 예상하지 못했던 말에 의아한 표정을 지었다.

“배… 말인가요?”

“그래요. 나는 지금까지 한 번도 배를 타본 적이 없어서 꼭 타고 싶어요.”

아미는 갈망하는 어린 소녀처럼 두 손을 가슴에 모으고 눈을 빛내면서 마치 소옥군에게 결정권이 있는 것처럼 그녀를 바라보았다.

지리에 대해서 잘 알고 있는 소옥군은 조금 난감한 표정을 지었다.

배를 이용하여 울제국의 감시망을 피해서 그나마 안전하게 남경성까지 가려면, 일단 낙양성에서 호북성 북부 지역인 광화현까지 천여 리 길을 걸어서 가야 한다.

섬서성 남쪽에서 발원한 한수(漢水)가 동쪽으로 흐르다가 광화현에서 방향을 크게 꺾어 남쪽으로 흐르는데, 그곳의 강폭이 넓고 수심이 깊어서 큰 배가 운행할 수 있다.

광화현에서 배를 타고 남하해서 무창에서 장강과 합류, 계속 동쪽으로 향하다가 동해에 이르기 전에 비로소 남경성에 당도하게 된다.

하지만 도보로 가면 낙양성에서 남경성까지 칠천여 리 정도면 되는데, 수로를 이용하면 장장 만오천여 리나 가야 한다는 단점이 있다.

뿐만 아니라 만약 울제국의 감시망에 걸렸을 때 배에 타고 있는 상황이라면 대처 방법이 별로 없다.

아미는 소옥군의 난감한 표정을 보고는 곧 손을 저으며 미소 지었다.

"하지만 꼭 배가 아니더라도 괜찮아요, 문주와 함께 여행할 수만 있다면."

"그렇죠?"

소옥군은 한시름 던 표정으로 끄덕였다.

"가자, 배로."

그때 기개세가 불쑥 말했다.

모두들 의아한 표정으로 쳐다보자 그는 빙그레 미소 지으면서 팔로 아미의 어깨를 감쌌다.

"배여행이라……. 기대되는군."

"저두요."

아미는 좋아서 꺅꺅거리면서 기개세의 품속으로 파고들었다.

그러는 그녀의 모습은 너무도 어린아이 같아서 삼백 살 이상 먹었다고는 도저히 생각할 수가 없다.

"바보!"
기개세가 언성을 높였다.
그러나 소옥군은 그가 화를 내는 것이 오히려 기뻤다.
"미안해요. 바쁜 대가께 폐를 끼치는 것 같아서 말씀드리지 않은 거예요."
기개세는 정색을 하고 소옥군을 꾸짖었다.
"아무리 바빠도 내 가족의 일보다 급한 일은 없어."
"가족……."
"군아의 어머니는 내게 장모님이야. 가족이지. 장모님께서 위중하신데 그런 사실을 모르고 있었다니, 이런 불효가 어디에 있다는 말인가!"
소효령은 지난번 오룡신장의 잠입 때 그에게 중상을 입어서 현재 병석에 누워 있다.
당금 천하의 화타라고 자타가 인정하는 취봉문의 취의선 당주 양보경이 소효령을 치료하고 있지만 너무 엄중한 중상이어서 차도를 보이고 있지 않은 형편이다.
기개세가 천문에서 낙성검가로 돌아오자마자 눈코 뜰 새 없이 바쁜 것을 보고 소옥군은 차마 소효령에 대해서 말을 꺼낼 수가 없었다.

하지만 그가 소효령을 치료해 주면 금세 나을 것이라는 생각은 하고 있었다.

그래서 차일피일하면서 말을 할 기회만 엿보고 있는데, 그가 다른 사람에게서 소효령에 대한 얘기를 먼저 듣고서 소옥군을 꾸짖고 있는 것이다.

소옥군은 기개세가 '가족' 이니 '불효' 라는 말을 하자 눈물이 걷잡을 수 없이 왈칵 솟구쳤다.

그리고 이제는 내가 정말 이 사람의 아내로구나 하는 생각이 들었다.

"어서 장모님께 가자."

기개세는 벌떡 일어나 문 쪽으로 걸음을 옮겼다.

와락!

그때 소옥군이 뒤에서 말없이 두 팔로 그의 허리를 꼭 끌어안았다.

기개세는 자신을 안고 있는 소옥군의 몸이 가늘게 떨리고 있는 것을 느꼈다.

"군아……."

"이대로 잠시만 있어주세요."

기개세의 등이 축축하게 젖었다. 소옥군이 얼굴을 묻은 채 울고 있기 때문이다.

"너무 행복해요."

슥.

기개세는 몸을 돌려 앞쪽에서 그녀를 포근하게 안아주었다.

문득 그녀의 가지런히 빗은 머리에 꽂혀 있는 푸른색의 비녀가 눈에 띄었다.

기개세가 오래전 천방지축이었던 시절에 한눈에 그녀에게 반해서 선물해 주었던 비취쌍조잠이다.

그것을 보자 그는 소옥군이 자신에게 얼마나 소중한 사람인지 새삼스럽게 느꼈다.

그는 그녀를 더욱 힘주어서 꼭 안으며 중얼거렸다.

"군아, 네가 있어서 나도 행복하다."

"주군."

소효령을 돌보고 있던 취의선당주 양보경과 그녀의 수하들은 갑작스러운 기개세의 방문에 화들짝 놀라서 급급히 부복하며 예를 취했다.

기개세는 그녀들에게 일어나라는 손짓을 하면서 침상으로 다가가며 물었다.

"경아, 장모님은 어떤 상태냐?"

예전에 양보경이 소랑과 우림을 치료할 때 기개세도 몇 날 며칠 동고동락을 하면서 그녀와 친해졌었다.

양보경은 반가운 표정을 지었다. 기개세가 손을 대면 소효령이 곧 치료될 것이라고 믿기 때문이다.

"강력한 장력에 왼쪽 어깨와 늑골 여덟 개가 박살 났으며 장기들이 회복불능 상태로 심하게 파손됐습니다. 현재 침과 뜸, 진기 주입, 약재로 치료를 하고 있으나 회복이 매우 더딘 상태입니다."

소효령은 상체가 벌거벗겨져 있으며 왼쪽 어깨에서부터 왼쪽 가슴, 옆구리까지 약이 발라진 천으로 잘 싸매져 있는 모습이다.

다치지 않은 오른쪽 갈비뼈가 앙상하고 예전의 풍만했던 젖가슴은 바람이 빠진 공처럼 쪼그라졌으며, 얼굴은 피골이 상접했다.

"흑!"

기개세 옆에 서 있던 소옥군은 그 모습을 보고 손으로 입을 가리며 낮게 흐느꼈다.

그때 영원히 떠지지 않을 것 같았던 소효령의 눈이 힘겹게 바르르 떨리더니 떠졌다.

그리고는 초점없는 동공이 이리저리 부유하더니 이윽고 기개세에게 맞춰졌다.

그녀의 얼굴에 부윰하게 반가운 표정이 떠올랐다.

"영아……."

기개세는 빙그레 미소 지었다.

"령, 많이 아프지?"

소효령의 퀭한 두 눈에 눈물이 고였다. 눈이 너무 움푹해서 흘러내리지 못하고 그곳에 고였기 때문에 그녀는 곧 눈을 감아야만 했다.

소옥군이 깨끗한 천으로 소효령의 눈물을 찍어내고서야 그녀는 다시 눈을 떴다.

"많이… 보고 싶었어……."

"나도 보고 싶었어."

"내 꼴… 흉하지?"

소효령은 뺨을 발그레 붉혔다.

소옥군은 그녀가 사경을 헤매면서도 부끄러워하는 것을 보고 적잖이 놀랐다.

"령은 언제 봐도 예뻐. 그리고 며칠 후에는 예전보다 더 예뻐질 거야."

기개세는 빙그레 미소 지으면서 소효령의 손을 잡아주었다.

소효령은 기쁜 미소를 지었다.

"영아를 보고 있으면 저절로 나을 것 같아."

그녀는 처음에는 헐떡이면서 더듬거렸으나 지금은 제법 또렷하게 말을 하고 있다. 마치 자신의 말을 입증이라도 하는 것 같았다.

소옥군은 두 사람의 대화가 사위와 장모가 아닌 연인 같다는 생각이 문득 들었다.

기개세는 이틀 동안 도합 네 차례 소효령을 치료해 주었다.

그것으로 소효령은 걸을 수도 식사도 할 수도 있게 되었다.

그녀의 상처는 완전히 나았지만 너무 오래 누워 있으면서 제대로 먹지 못했기 때문에 회복 단계를 거쳐야 예전처럼 건강해질 수가 있을 것이다.

기개세가 소효령을 치료하는 동안에도 천검신문이 남경성으로 옮겨가는 준비는 순조롭게 진행되었다.

도기운 이하 거의 모든 세력이 낙양성을 빠져나갔으며, 현재 낙성검가에는 육대명왕과 나운상의 중무영대 성검백수 백 명만 남아 있다.

그들은 내일 아침에 출발하는 기개세 일행과 함께 행동하기로 했다.

이로써 오랫동안 천검신문의 본거지였던 하남성과 낙양성은 텅 빈 상태다.

기개세 일행마저 떠나면 하남성은 울제국 수중에 들어가겠지만, 그들은 백성들에게 가혹한 세금을 착취할지언정 죽이지는 않으므로 크게 염려할 일은 아니다.

천검신문의 수많은 고수들이 낙양성에서 빠져나가는 것을 성민들이나 방, 문파에서는 추호도 눈치채지 못했다. 그만큼 쥐도 새도 모르게 진행됐기 때문이다.

　내일 아침 동 트기 전에 서둘러 출발해야 하는 기개세 일행
은 저녁나절에 식사에 술을 곁들이고는 일찌감치 잠자리에
들었다.

第百九章

수라쾌 (修羅快)

　기개세의 침실에는 보통 크기의 침상보다 서너 배는 더 큰 대형 침상이 놓여 있다. 기개세와 다섯 여자가 함께 자야 하기 때문이다.

　오늘 밤에 기개세는 다섯 여자와 두 차례씩 도합 열 차례의 격렬한 정사를 나누었다.

　내일 새벽에 일찌감치 출발하는 것이 아니라면 더 오래 질탕하게 놀았을 것이다.

　다섯 여자와 한꺼번에 정사를 하니까 하면 할수록 별별 방법이 다 동원되었다.

　지금 기개세와 다섯 여자는 여느 때나 다름없이 한 덩어리가 되어 깊은 잠에 빠져 있다.

그리고 두 시진 후에 그 일이 벌어졌다.

중무영대 성검백수 백 명 중에 이십 명이 낙성검가를 경계하고 있었다.

그들도 인간이기에 잠을 자지 않을 수 없다. 그래서 이십 명이 두 시진씩 오 교대로 돌아가면서 경계를 하는 것이다.

그리고 육대명왕 여섯 명은 두 명씩 돌아가면서 기개세의 침실 밖을 지키고 있다.

손진은 유석과 한 몸처럼 붙어서 지낸다. 두 사람은 혼인하지 않았을 뿐이지 부부나 다름이 없는 사이다. 그래서 같은 방에서 자고 생활한다. 즉, 동거를 하고 있다.

또 하나의 변화는 진운상과 유정이 서로 사랑하는 사이가 되었다는 사실이다.

그래서 두 사람은 하여상과 유당환의 정식 허가를 얻어 교제를 하였고, 요즘은 두 사람도 동거를 하고 있다.

그런 탓에 기개세의 침실을 호위할 때에 손진은 유석과 유정은 진운상과 짝을 이룬다.

진운상과 유정은 자정에서 인시(寅時:새벽 4시)까지다. 그리고 지금 두 사람은 각기 기개세의 침실 방문 밖과 창밖을 지키고 있는 중이다.

[저기, 침입자다.]

낙성검가 외곽 인공 숲 근처를 순찰하고 있는 두 명의 성검
백수 중 한 명이 급히 걸음을 멈추고 전방을 가리키면서 옆의
동료에게 빠른 어조로 전음을 보냈다.

두 사람의 전방 칠팔 장 거리의 인공 숲 안에서 육안으로는
잘 보이지 않는 흐릿한 검은 인영 몇 개가 마치 검은 구름이
흐르듯이 쏘아 나오고 있었다.

바짝 긴장한 성검백수 두 사람은 즉시 호각을 불기 위해서
품속에 손을 넣었다.

호각을 불기만 하면 낙성검가에서 자고 있는 모든 사람들
이 깨어날 것이다.

사삭—

그 순간 두 사람은 목이 서늘한 것을 느꼈다. 손은 품속에
넣은 채 멈춰진 상태다.

두 사람은 눈을 껌뻑거렸다. 어떻게 된 영문인지 생각하다
가 자신들이 뒤에서 접근한 적의 암습에 당한 것이 아닌가 하
는 불길한 생각이 들었다.

그런데 몸이 갑자기 심하게 흔들거렸다. 아니, 몸이 아니라
머리가 흔들리는 것 같았다.

바삭.

나무와 풀이 보이더니 뒷머리가 풀숲에 뉘어졌다. 그리고
풀잎 사이로 약간 떨어진 곳에 아무렇게나 엎어져 있는 낯익

은 몸뚱이가 보였다. 그런데 그 두 개의 몸뚱이에는 목 위에 머리가 보이지 않았다.

두 명의 성검백수는 목이 잘린 채 인공 숲 안쪽 풀숲에 버려졌다.

그들은 두어 번 더 눈을 껌뻑거리다가 눈을 뜬 채 모든 움직임을 멈추었다.

그로써 낙성검가 외곽을 경계하던 열 명의 성검백수가 모두 죽었다.

무인지경이나 다름이 없는 낙성검가 안으로 유령처럼 검고 흐릿한 인영들이 담 위를 낮게 날아서 연이어 들어와 전각 속으로 사라져 갔다.

사사삭!

반월처럼 휘어진 도가 새파란 예광을 뿌리면서 앞과 뒤, 오른쪽 세 방향에서 엄청 빠른 속도로 공격해 왔다.

낙성검가 안쪽을 경계하는 임무를 수행하고 있던 성검백수 곽한(郭韓)은 숨 쉴 틈 없이 쏟아지는 공격을 삼 초식째 피하고 있는 중이다.

그를 공격하고 있는 자들의 모습은 잘 보이지 않는다. 어둠 속에 숨은 상태에서 민첩하게 움직이며 합공을 해오고 있기 때문이다.

보이는 것은 단지 검붉은 옷을 입었다는 것과 붉은색의 아

수라 가면을 쓰고 있다는 것뿐이다. 말하자면 수라귀면(修羅鬼面)들이다.

위기에 몰린 곽한은 몸을 날려 바닥을 데구루루 굴렀다. 싸움 중에 바닥을 구르는 것은 위험하기 짝이 없는 하책이지만 지금은 어쩔 수가 없는 상황이다.

더구나 그는 맨손이다. 급습을 당한 이후 어깨의 검을 뽑을 여유조차 없이 계속 삼 초식째 당하고 있기 때문이다.

그러므로 품속의 호각을 꺼내서 불 여유 같은 것이 있을 리가 없다.

소리라도 질러서 침입자들이 있다는 사실을 알리고 싶었다. 그러나 그럴 틈도 없다. 소리를 지르는 찰나지간에 죽을 것이기 때문이다.

수라귀면의 실력은 성검백수 서너 명과 맞먹는 수준이다. 그런데 곽한은 지금 세 명의 수라귀면에게 합공을 당하고 있으니 이 싸움에서 살아날 확률은 전무하다.

곽한의 임무는 태문주의 거처인 북두전에서 두 채의 전각 너머를 동료 삼중(森仲)과 함께 경계하는 것이다.

삼중은 지금 곽한을 합공하고 있는 자들의 급습에 반항은 커녕 신음 소리조차 내지 못하고 즉사했다.

그가 죽는 바람에 곽한은 낌새를 채고 간신히 몸을 날려 급습을 피할 수가 있었다.

하지만 지금 상황으로 보건대 자신도 곧 삼중을 뒤따라갈 것 같다는 생각이 들었다.

사악.

데구루루 구르다가 멈춘 그의 정수리로 수라귀면의 반월도가 나뭇가지 사이 별빛을 가르며 수직으로 내리꽂혔다.

수라귀면의 두 눈에서 으스스한 눈빛이 흘러나왔다.

'너무 빠르다.'

곽한은 다급히 왼팔을 뻗었다.

칵!

반월도는 곽한의 왼팔을 자르고 그 미세한 충격에 방향이 바뀌었다.

기다렸다는 듯이 좌우에서 두 자루 반월도가 곽한의 목과 가슴을 향해 짓쳐왔다.

곽한은 번개같이 어깨의 검파를 잡아 힘껏 뽑았다. 아니, 뽑는 것과 동시에 검은 나뭇가지 사이를 뚫고 높이 밤하늘로 솟구쳐 올랐다.

다음 순간 한 자루 반월도가 그의 목을 자르고 또 한 자루가 심장을 꿰뚫었다.

추호의 기척도 없이 수십 개의 검은 인영, 즉 수라귀면들이 북두전을 향해 사방에서 쏘아가고 있다.

그들은 일거에 북두전을 급습할 계획이다. 그래서 그 안에 누가, 그리고 무엇이 있든 생명을 갖고 있는 것들은 모조리 죽일 것이다.

북두전을 향해 앞선 자와 조금 뒤처진 자의 차이는 있지만, 그들의 수는 도합 백(百).

캉!

그때 갑자기 그들의 앞쪽 북두전 지붕에서 날카로운 음향이 터졌다.

수라귀면들은 일제히 신형을 멈추면서 급히 북두전 지붕을 쳐다보았다.

거기에는 한 자루 장검이 지붕에 수직으로 꽂혀서 반짝이고 있었다.

곽한이 죽어가면서 북두전 쪽으로 사력을 다해서 던진 자신의 장검이다.

기개세는 번쩍 눈을 떴다. 그는 북두전 삼층 지붕에 장검이 꽂히는 소리를 들었다.

[모두 일어나서 옷을 입어라.]

그는 침상 아래로 내려가 어느새 옷을 입으면서 다섯 여자에게 심어를 보냈다.

아미와 독고비의 반응이 가장 빨랐다. 그리고 소옥군과 나운상, 소랑은 거의 같은 시간에 옷을 입고 있었다.

옷을 다 입은 기개세는 쏜살같이 창을 향해 쏘아가며 아미에게 심어를 보냈다.

[아미, 이곳에서 여자들을 지켜라.]

창으로 쏘아가고 있는 기개세는 요란한 파공음이 창밖에서 쇄도하고 있는 것을 감지했다.

하지만 그 파공음들은 웬만한 고수들의 귀에는 추호도 들리지 않을 정도로 미약했다.

그리고 그는 또 창밖에서 약간 떨어진 곳에서 다급하고도 거친 여자의 숨소리를 감지했다.

그 숨소리는 귀에 익은 유정의 것이었다.

팍!

간명한 소리와 함께 기개세는 창을 뚫고 밖으로 나가자마자 급격히 방향을 꺾으면서 유정의 숨소리가 들려온 곳으로 쏘아갔다.

여러 줄기 파공음이 유정에게 쏘아오는 것을 감지했으나 그는 자신이 충분히 막을 수 있다고, 그래서 유정을 살릴 수 있다고 자신했다.

삼 장 거리에 벽에 붙어 서 있는 유정이 보였다. 그리고 네 명의 괴이한 가면을 쓴 자들이 그녀를 정면과 좌우, 그리고 머리 위 네 방향에서 합공하고 있는 광경이었다.

키이…….

그 순간 기이한 음향이 흐르면서 기개세의 좌우와 위쪽, 그리고 배후에서 예기가 감지됐다.

후우.

그러나 그는 유정에게 쏘아가는 것을 멈추지 않고 대신 호신강기를 일으켰다.

암습하는 자들이 누구든 호신강기에 부딪치는 순간 온몸이 갈가리 찢어지며 즉사할 것이다.

"……!"

그러나 다음 순간 기개세는 가볍게 움찔했다. 방금 일으킨 호신강기가 파훼되고 있는 것을 감지했기 때문이다.

파훼되는 곳은 한 군데가 아니다. 머리 위쪽과 좌우, 그리고 배후 네 군데에서 호신강기가 찢어지고 있었다.

찰나 불신이 일었다. 자신의 호신강기를 파훼할 만한 인물이 중원에, 아니, 울제국의 고수들이라고 해도 존재한다는 사실이 믿어지지 않았다.

그는 불신 어린 표정으로 재빨리 오른쪽을 쳐다보았다. 그리고 그 순간 그의 얼굴이 흐려졌다.

'이런 방법을……'

그가 쳐다보고 있는 오른쪽에서는 다섯 명의 수라귀면 괴한이 허공중에서 오각형을 이룬 채 쏘아오면서 반월도를 그어대며 공격하고 있었다.

즉, 한 명이 가운데 있고, 상하좌우에 한 명씩 다섯 명이 한 덩어리가 되어 쏘아오고 있는 것이다.

그런데 그들의 공격 형태가 몹시 기이했다. 똑같이 반월도를 그어 내린 자세를 취하고 있었다.

그런데 그들의 전면에 하나의 굵직하고 커다란 반월 모양의 도기(刀氣)가 새파란 빛을 발하면서 뿜어져서 호신강기를 막 뚫고 있는 것이 아닌가.

그것은 다섯 명의 수라귀면이 한 치의 오차도 없이 똑같은 순간에 도기를 발출하여 다섯 개의 도기를 하나의 도기로 묶은 것이다.

그렇다면 그것은 더 이상 도기가 아닌 도강(刀罡)이라고 할 수 있다.

수라귀면들은 일견하기에도 각기 백오십 년 이상의 공력을 지닌 듯하다.

그렇다면 그들 다섯 명이 하나로 묶어서 발출한 도강은 족히 칠백오십 년 공력이 실려 있을 터이다.

공격이 단지 그것 하나뿐이라면 기개세의 호신강기가 파훼될 리가 없다.

그런데 좌우와 위쪽, 그리고 배후 네 군데에서 똑같은 공격을 해온다면 아무리 기개세의 호신강기라고 해도 견뎌낼 수가 없다.

'정아…….'

기개세는 심장이 오그라드는 아픔을 느꼈다.

그는 호신강기가 파훼된다고 해도 이 공격을 능히 대처할 능력이 있다.

하지만 그로 인해서 유정에게 적절한 순간에 도움의 손길을 뻗칠 수 없게 된다.

만약 수라귀면 이십 명의 합공을 무시하고 유정을 돕는다면, 당하는 사람은 기개세 자신이 되고 말 것이다.

기개세를 중심으로 네 방향에서 쇄도하여 호신강기를 파훼한 네 개의 도강이 막 기개세의 몸에 닿기 직전,

번쩍!

그의 온몸에서 마치 작은 태양이 폭발하는 듯한 섬광이 작렬했다.

그 순간 공격해 오던 이십 명의 수라귀면이 태풍에 휩싸인 것처럼 삽시간에 사방으로 튕겨져 날아가 버렸다.

기개세가 전개한 것은 한순간에 온몸으로 천신기혼을 발산하는 것이다.

굳이 무학적(武學的)인 용어로 논한다고 하면 강기라고 할 수 있다.

다만 공력으로 발출하는 것이 아니고, 손이나 무기가 아닌 온몸으로 발산하는 것이 다르다. 한 가지 더 다르다면, 그 위력이 가공한 수준이라는 사실이다.

튕겨 나간 이십 명의 수라귀면은 무려 십오륙 장 밖에 나가 떨어졌다.

그러나 순간적인 충격 때문에 혼절했을 뿐이지 죽거나 중상을 입지는 않았다.

만약 수라귀면이 일류고수 수준이었다면 이십 명 전원이

그 자리에서 즉사했을 것이다.

하지만 당금 천하에 이십 명의 수라귀면을 강기로 한꺼번에 혼절시킬 만한 인물은 기개세뿐일 것이다.

수라귀면. 사실 그들은 율제국 태자인 이반의 직속에 있는 신삼별조 중에 수라쾌별의 고수들이다.

삼황사별의 중원 침공 때에도 모습을 드러내지 않았던 이반의 비밀결사대 신삼별조의 수라쾌별 휘하 수라십별 백 명이 지금 낙성검가를 급습하고 있는 것이다.

이들 각자는 수라쾌(修羅快)라고 불리며, 수라십별은 수라일쾌(修羅一快)부터 수라백쾌(修羅百快)로 구성되어 있고, 수라일쾌가 백 명의 우두머리인 수라십별장(修羅十別長)이다.

이십 명의 수라쾌를 날려 버린 기개세는 그들을 쳐다볼 새도 없이 유정을 쳐다보며 그녀에게 쏘아갔다.

키이.

그 순간 또다시 기음이 흘렀다. 기개세가 처음 창을 뚫고 나왔을 때 들렸던 바로 그 기음이다.

또한 그것은 이십 명의 수라쾌가 급습을 가할 때 났던 기음이기도 하다.

방금 전 강기에 튕겨 나간 이십 명의 수라쾌가 아니다. 이들은 또 다른 이십 명의 수라쾌인 것이다.

두 번째 수라쾌 이십 명의 공격도 처음과 똑같은 형태다.

좌우와 위쪽, 그리고 배후 네 군데에서 이십 개의 도기를 네 개의 도강으로 묶어서 뿜어냈다.

태문주의 천신기혼이 극에 달하면 기개세는 금강불괴지신(金剛不壞之身)이 된다.

무림에서 흔히 말하는 금강불괴지신이 아니라, 삼라만상 중에 존재하는 그 무엇으로도 파훼할 수 없는 금강불괴지신인 것이다.

뿐만 아니라 그 경지에 이르면 풍운조화(風雲造化)를 일으키고 영생불사(永生不死)하며, 가히 상제(上帝)와 비교해도 뒤지지 않는 능력을 지니게 된다.

하지만 현재의 기개세는 그 경지에 이르지 못했다. 아니, 그뿐만이 아니라 지금까지의 여덟 명의 태문주 중에서 한 명도 그 경지, 즉 천신여의지경(天神如意之境)에 이르지 못했다.

그러므로 현재의 기개세가 이십 명의 수라쾌가 발출한 네 개의 도강에 적중된다면 중상을 면치 못할 것이다.

잠깐 쳐다본 유정은 바람 앞의 등불처럼 위태로운 처지에 놓여 있었다.

수라쾌 네 명의 합공은 여태껏 기개세가 본 적이 없을 정도로 완벽에 가까웠다.

그들은 마치 합공을 위해 태어나서 이날까지 오로지 합공만을 수련한 것 같았다.

그 정도 수준의 그들의 합공을 유정이 아직까지 견뎌내고 있다는 자체가 기적이다.

하지만 지금 당장 죽는다고 해도 추호도 이상하지 않을 정도로 그녀는 매 순간 아슬아슬하게 위기를 넘기고 있다.

"아미! 정아를 구해라!"

기개세는 오른손에 무형검(無形劍)을 일으키면서 다급하게 소리쳤다.

현재의 그로서는 아미에게 명령하는 것 정도가 유정을 위해 해줄 수 있는 전부다.

그는 또다시 파훼될 호신강기를 일으키지 않았다. 대신 무형검으로 수라쾌들을 상대할 생각이다.

스우.

순간 그의 몸이 유정을 향해 쏘아가던 자세에서 둥실 위로 반 장가량 떠올랐다. 마치 순식간에 공간이동을 한 듯한 광경이다.

쩌러러렁!

그가 사라지고 없는 그의 발아래 허공에서 네 줄기의 도강이 서로 부딪치며 굉렬한 폭음을 터뜨렸다.

그 반탄력에 의해서 이십 명의 수라쾌들이 사방으로 튕겨나가기 직전, 기개세의 무형검이 불을 뿜었다.

천신기혼으로 만들어낸 보이지 않는 검 무형검이 아래를 향해 떨쳐지자 한줄기 무형강(無形罡)이 뿜어졌다.

요옴!

그리고 그것은 다섯 줄기의 가느다란 무형강으로 다시 나뉘는가 싶더니 오른쪽 다섯 명의 수라쾌의 머리통에 정확하게 적중되었다.

퍼퍼퍽!

흡사 폭죽 터지는 음향이 나며 다섯 명의 수라쾌 머리가 박살 나 허공에 흩어졌다.

그러나 기개세가 두 번째 무형강을 발출하려고 할 때, 세 방향의 십오 명의 수라쾌는 어느새 두 번째 공격을 그에게 시도하고 있었다.

그뿐 아니라 처음에 기개세의 강기에 튕겨 날아갔던 이십 명의 수라쾌가 어느새 정신을 차리고 맹렬하게 공격해 오고 있었다.

기개세는 힐끗 유정을 쳐다보았다.

바로 그 순간 유정은 자세가 흐트러진 상태에서 막 한 명의 수라쾌의 반월도에 정수리가 쪼개지려 하고 있는 찰나다.

그옴!

기개세는 앞뒤 생각할 것 없이 유정 쪽을 향해 무형검을 번개같이 떨쳐 냈다.

퍼퍼퍽!

막 유정의 머리를 쪼개려던 수라쾌는 물론이고 다른 두 명의 수라쾌까지 머리통이 박살 났다.

하지만 단지 그것뿐이다. 기개세는 삼십오 명의 일곱 군데에서 공격해 오는 일곱 개의 도강에 직면했다.

아미는 유정을 도우러 나오지 않았다. 아니, 못했다. 여자들이 있는 침실에서도 요란한 파공음이 터지는 것이 기개세의 귀에 똑똑히 들리고 있었다.

그가 창밖으로 나온 직후 수라쾌들이 여자들을 급습한 것이 분명하다.

또한 북두전 안에서도 어지러운 파공성이 들리고 있다. 그것은 다른 수라쾌들이 유정을 제외한 오대명왕과 치열하게 싸우고 있다는 뜻이다.

이제 한 명의 수라쾌와 싸우게 된 유정은 일단 안심이다.

탁!

마음이 홀가분해진 기개세는 발끝으로 가볍게 벽면을 박차고 급격하게 방향을 바꿔 한쪽 무리의 수라쾌 다섯 명에게 쏘아가며 무형검을 떨쳤다.

그오—

한줄기 섬광이 쏘아가다가 다섯 줄기로 갈라져 다섯 명을 향해 뿜어졌다. 빛의 빠르기다.

퍼퍼퍼퍽!

다섯 명의 머리통이 그대로 박살 나 흩어졌다.

키이이.

갑자기 괴이한 음향이 기개세 주위에서 흘렀다.

힐끗 뒤돌아보니까 다섯 명의 수라쾌가 기개세를 향해 반월도를 그어대고 있다.

쿠아앗!

시퍼런 도광을 발하면서 하나의 반월을 닮은 도강이 기개세를 향해 무시무시하게 쏘아왔다.

그런데 그들 다섯 명의 배열이 아까하고 달랐다. 아까는 오각형의 형태였는데 지금은 일렬로 있다.

그런데 일직선이 아니라 뒷사람의 오른쪽 팔이 조금씩 보이는 일렬이다.

그것은 다섯 명이 오른손의 반월도를 동시에 발출하기 위해서인 듯했다.

기개세가 그들을 향해 무형검을 떨치려고 할 때, 뒤에서 예의 기음이 흐르면서 예기가 감지됐다.

하지만 전면의 공격을 상대해야 하기 때문에 돌아볼 수가 없는 상황이다.

구오—

무형검에서 굵은 한줄기 섬광이 뿜어졌다. 그것은 나누어지지 않은 상태에서 전면의 다섯 명이 발출한 도강과 정면으로 격돌했다.

쩌쩡!

"흐악!"

"크악!"

다섯 명은 처절한 비명을 지르면서 한꺼번에 뒤로 튕겨져
서 날아갔다.

순간 기개세는 뒤를 돌아볼 겨를도 없이 무형검을 뒤쪽으
로 그어댔다.

쩌러렁!

"흐윽!"

"큭!"

워낙 다급히 발출한 것이라 위력이 떨어졌기 때문에 뒤쪽
의 다섯 명은 한꺼번에 뒤로 일 장가량 물러나는 것에 그쳤을
뿐이다.

키이이.

키이우.

그런데 이번에는 좌우에서 동시에 기음이 흘렀다.

기개세는 눈으로 확인하지 않아도 좌우에서 수라쾌 다섯
명이 일렬로 도강을 발출하고 있다는 사실을 감지했다.

츠으…….

그 순간 그의 왼손이 흐릿하게 밝아지는 듯하더니 왼손에
도 무형검이 생겼다.

양손의 무형검으로 상대하려는 것이다. 두 자루의 무형검
을 사용하면 위력이 떨어지지만, 위력이 아닌 정확도에 승부
를 걸면 된다.

키이…….

키우우…….

그런데 새로운 기음이 더 들려왔다. 좌우뿐만이 아니라 앞과 뒤에서, 그리고 그 사이에서도 들려왔다.

키이잉…….

키이…….

그러더니 이번에는 머리 위에서도 두 개의 기음이 흘렀다. 전후좌우에 네 개. 그 사이사이에 하나씩 네 개, 그리고 머리 위에 둘, 도합 열 개다.

다섯 명씩 열 개면 오십 명이다. 수라쾌 오십 명이 기개세 한 명을 합공하고 있는 것이다.

수라쾌가 아니라 패가수 정도의 절정고수 오십 명의 합공이라고 해도 외눈 하나 까딱하지 않을 기개세다.

하지만 이들 오십 명의 무서움은 완벽하리만치 잘 짜인 합공에 있다.

실로 소름 끼칠 정도로 무서운 합공이다. 다섯 명이 한 몸처럼 움직이고, 또 이십 명이 됐든 오십 명이 됐든 그들 역시 한 몸처럼 움직이고 있다.

"으악!"

바로 그때 북두전 안에서 한줄기 외마디 비명 소리가 터져 나왔다.

'주동!'

귀에 익은 목소리. 서주동의 비명 소리다. 육대명왕 중에

한 명인 서주동이 죽은 것이다.

기개세는 분노가 들끓었다.

번쩍!

순간 그는 전력을 다해서 온몸으로 강기를 폭사시켰다.

그것으로 오십 명의 수라쾌를 물리칠 수 있을 것이라고 장담하지 못한다.

아니, 오백 명의 위력을 발휘하고 있는 수라쾌의 합공을 일거에 물리치는 것은 처음부터 무리다.

그렇지만 기개세는 그들을 찰나지간 만이라도 흩뜨려 놓을 생각이다.

그는 강기를 발출하는 즉시 위로 반 장가량 공간이동을 하듯이 떠오르며 아래를 향해 양손을 휘둘렀다.

어느 쪽을 공격하는 것이 좋을지 눈으로 확인한 후에 공격하는 것이 순서지만 그는 두 가지를 동시에 행했다. 그만한 능력이 있기 때문이다.

스파앗!

투명하게 빛나는 두 자루의 무형검에서 동시에 섬광이 일더니 두 방향으로 뿜어졌다.

아니, 뿜어지는 순간 두 줄기 섬광은 한 방향에 다섯 개씩 열 개로 나누어져서 빛보다 빠르게 쏘아갔다.

퍼퍼퍼퍼퍽!

비명도 없다. 단지 열 개의 머리통이 잘 익은 수박이 깨지

듯 박살 났다.

그 순간 여덟 방향에서 뿜어진 여덟 개의 도강이 기개세 한 몸으로 쇄도했다.

"이놈들!"

기개세는 쩌렁한 포효를 내지르면서 한쪽 방향으로 비스듬히 내리꽂히며 쌍장을 뻗었다.

여섯 방향에서 쏘아온 여섯 개의 도강이 아슬아슬하게 그의 머리와 등, 허리, 다리 위를 스쳐 지나갔다.

순간 그는 쌍장을 벌려서 자신을 향해 쇄도하는 두 개의 도강을 마주쳐 갔다.

번쩍!

꽈르릉!

도저히 인간이 만들어낸 소리라고는 생각할 수 없는 폭음이 터졌다.

기개세는 각각 한 손으로 오백 년 공력을 상회하는 도강과 격돌한 것이다.

열 명의 수라쾌는 강풍에 휘말린 가랑잎처럼 날아갔다. 그들 중에 즉사한 자가 네 명이고, 여섯 명은 중상을 입었다.

이로써 오십 명 중에 이십 명을 처리했다. 하지만 문제는 남은 삼십 명의 합공이다.

기개세는 방금 쌍장으로 열 명의 수라쾌가 발출한 두 개의 도강과 격돌하면서 허공중에서 휘청 중심을 잃었다. 양손에 오백오십 년씩의 충격을 받았으니 당연한 결과다.

바로 그 순간 삼십 명의 수라쾌가 각기 다른 방향에서 발출한 여섯 개의 도강이 무시무시하게 그의 한 몸으로 쏟아져 왔다.

키우웅!

기개세는 재빨리 호신강기를 일으켰다. 전력으로 쌍장을 발출하고 또 중심을 잃은 상태에서 일으킨 호신강기라서 평소의 칠 할쯤에 해당하는 위력이다.

꽈꽈꽝!

엄청난 폭음이 터지는 것과 동시에 반탄력에 의해서 삼십 명의 수라쾌가 일제히 진열이 흐트러지면서 뒤로 일 장가량 튕겨지며 중심을 잃었다.

그러나 기개세도 무사하지 못했다. 제대로 된 호신강기를 펼치지 못했기 때문에 그중 두 개의 도강이 호신강기를 뚫고 들어와 그의 등과 옆구리에 적중되었다.

다행스런 것은, 두 개의 도강이 호신강기를 뚫느라 위력이 절반 이하로 감소됐다는 사실이다.

또 하나는, 그가 아직 금강불괴지신은 되지 못했으나 그 과정에 있기 때문에 위력이 절반으로 감소한 두 개의 도강에 적중되고도 큰 부상을 입지 않은 것이다.

스으…….

기개세는 수라쾌 삼십 명의 진열이 흐트러진 기회를 놓치지 않고 빛처럼 빠른 속도로 그들에게 짓쳐 갔다.

쏘아가면서 슬쩍 양손을 들어 올렸다.

츠우앗!

번쩍하고 양손 손바닥에서 섬광이 뿜어지더니 그것이 여러 갈래로 쪼개졌다.

그뿐 아니라 쪼개진 빛줄기들이 어떤 것은 직선으로, 또 어떤 것은 곡선으로 빛의 빠르기로 쏘아가서 수라쾌들의 미간을 관통했다.

퍼퍼퍼퍽!

그 한 수에 여섯 명의 미간이 관통되어 즉사했다. 그러면서 포위망의 한쪽이 와해됐다.

수라쾌들이 아직 자세를 잡기도 전에 기개세의 다음 공격이 이어졌다.

스츠웃!

그의 양손이 움직일 때마다 장심에서 번쩍번쩍 섬광이 작렬했고, 그것들은 또 여러 줄기로 쪼개져서 수라쾌들의 미간을 정확하게 관통했다.

"아악!"

그때 북두전 안에서 또다시 날카로운 비명성이 터져 나왔다.

'진아!'

손진의 비명 소리였다. 수라쾌에게 손진마저 당한 것이다.

도대체 얼마나 많은 수라쾌들이 침입했다는 말인가.

기개세는 수라쾌들 한복판에서 양손에 무형검을 일으켰다.

츠아앗!

무형의 빛을 발하는 두 자루 무형검이 번뜩번뜩 광채를 뿜으면서 춤을 추었다.

무형검에서 발출된 무형강이 수라쾌들의 온몸을 관통하고 또 잘랐다.

수라쾌들은 지지 않고 기개세에게 맹공을 퍼부었다. 하지만 아까처럼 다섯 명씩 한 조를 이룬 공격이 아니다.

이미 진열이 깨졌기 때문에 각자 반월도를 휘두르며 사력을 다해서 공격하는 것이다.

그때 다른 전각에서 자고 있던 중무영대의 성검백수 팔십 명이 북두전으로 나는 듯이 달려오는 것을 발견한 기개세가 급히 명령했다.

"북두 전 안의 사람들을 도와라!"

그즈음 유정은 한 명뿐인 수라쾌를 죽이고 기개세가 뚫고 나왔던 창을 통해서 침실로 쏘아들었다.

"한 놈도 살려서 보내지 않겠다!"

기개세는 이를 갈면서 신들린 듯이 양손을 휘둘러 무형검과 섬광을 번갈아 발출했다.

수라쾌의 수는 점점 줄어서 십여 명밖에 남지 않았다. 그런데도 그들은 도망치지 않고 사력을 다해서 기개세에게 저항하고 있다.

　결국 수라쾌 오십 명이 모두 죽어서야 기개세는 북두 전 안
으로 들어갈 수 있었다.

第百十章

중원의 정의(正義)

大夫
대사부

수라쾌들, 아니, 수라쾌별의 수라십별 백 명의 낙성검가 급습은 그들의 전멸로 막을 내렸다.

하지만 기개세 쪽의 피해는 예상 밖으로 컸다.

서주동이 죽었으며, 손진이 심한 중상을 입었다. 그리고 기개세와 아미, 독고비를 제외한 거의 모든 사람들이 부상을 당했다.

또한 중무영대 성검백수 서른두 명이 죽었고 이십여 명이 부상을 입었다.

이번 수라십별의 낙성검가 급습으로 기개세는 몇 가지 사실을 깨달았다.

울제국이 표면적으로 드러나지 않은 고수들을 보유하고 있다는 것.

천검신문 태문주를 죽이려고 혈안이 돼 있다는 것.

기개세 자신이 곁에 있더라도 측근들이 위험에 처할 수 있다는 사실들이다.

기개세 일행은 서주동의 장례를 치르느라 출발을 하루 연기했다.

기개세가 대정숙에 입교했을 때부터 계속 그와 행동을 함께한 서주동은 몇몇 사람들이 슬퍼하는 가운데 낙양성 서북쪽 망산 양지 바른 언덕에 묻혔다.

낙수와 윤수가 합쳐지는 두물머리 양수하 강물에 유람선 한 척이 띄워졌다.

유람선은 길이 삼십여 장에 폭이 칠 장, 높이가 십여 장에 이를 정도로 꽤 큰 편이다.

선상에는 삼층 전각 두 채가 솟아 있으며, 그 사이, 즉 배의 한복판에 오층의 누각이 우뚝 자리 잡고 있다.

그리고 누각 꼭대기 첨탑에는 배의 상징인 한 쌍의 쌍봉이 당장에라도 날아오를 듯이 그려져 있다.

유람선은 양수하에 있는 수십 군데 기루 중에서 가장 크고 번성한 쌍봉루 소유다.

유람선인 쌍봉선(雙鳳船)은 낙수를 따라 흘러내려 오래지 않아서 황하로 들어섰다.

뚜둥따당땅~

쌍봉선에서는 풍악 소리와 기녀들의 간드러진 노랫소리가 끊이지 않고 흘러나왔다.

황하에 떠 있는 많은 고깃배와 상선. 여객선들 사이로 쌍봉선은 유유히 하류로 흘러갔다.

유석을 비롯하여 네 명의 명왕과 기개세의 여자들은 문밖에서 초조한 표정으로 기다렸다.

지금 방 안에서는 기개세가 손진을 치료하고 있는 중이다. 치료가 시작된 지 벌써 다섯 시진이 지나고 있다.

시간이 지날수록 문밖에서 기다리는 사람들의 불안은 가중되어만 갔다.

치료에 시간이 오래 걸린다는 것은 그만큼 치료가 어렵다는 뜻이기 때문이다.

누구보다도 유석의 걱정이 극심했다. 그는 손진과 일 년 넘게 동거를 하고 있어서 사실상 부부나 다름이 없다.

손진을 제대로 보호하지 못했다는 자책과 그녀가 죽을지도 모른다는 초조함 때문에 지금 그는 서 있을 힘조차 없는 상태다.

"휴우……."

이윽고 기개세는 손진에게서 두 손을 떼면서 긴 한숨을 토해냈다.

침상에는 손진이 실오라기 한 올 걸치지 않은 나신으로 반듯하게 누워 있다.

하지만 그녀는 눈부시도록 흰 모습이 아니다. 오히려 온몸이 피범벅이 된 처참한 몰골이다.

그녀는 왼쪽 가슴에서 오른쪽 옆구리까지 비스듬히 두 뼘 길이로 반월도에 깊이 베었다.

그로 인해서 장기와 내장이 토막 나고 갈비뼈가 모조리 잘라지는 극심한 중상을 입었다.

그녀가 상처를 입고 쓰러지자마자 유석이 자신의 안위를 돌보지 않으면서 그녀를 지혈시키지 않았었다면 그 당시에 과다출혈로 죽었을 것이다.

기개세가 손진을 치료한 것은 이것이 두 번째다. 서주동이 죽은 와중에도 그는 손진을 살리려고 낙성검가에서 한차례 치료를 시도했었다.

첫 번째 치료에서 그는 손진을 완치시키지 못했다. 그 정도로 그녀의 상처가 깊었다는 뜻이다.

다만 첫 번째 치료에서 추궁과혈수법으로 천신기혼을 주입하면서 토막 난 장기와 내장을 접합하는 것에 주력했다.

하지만 완전하지는 않았다. 단지 죽지 않을 정도로만 손을 쓴 것에 그쳤다.

그리고 이번 두 번째 치료에서 기개세는 일곱 시진에 걸쳐서 손진을 치료했다.

그는 마치 천 명의 수라쾌에게 합공을 당한 것처럼 몹시 지쳐 버렸다.

치료 도중에 아미가 그의 뒤에서 명문혈에 장심을 밀착시키고 천신기혼을 주입해 주지 않았다면 그는 다섯 시진을 넘기지 못하고 쓰러졌을 것이다.

기개세는 물론 아미도 피 범벅이다. 아미가 그의 보조 역할을 했기 때문이다.

"아미, 형과 여자들을 들여보내."

잠시 숨을 고른 기개세가 아미에게 말했다.

문이 열리고 유석과 여자들이 우르르 달려들어 왔다.

그러나 그들은 온몸이 피 범벅인 채 침상에 알몸으로 누워 있는 손진을 발견하고 급히 멈춰 섰다.

한순간 그들은 손진이 죽은 것이라고 생각했다. 그래서 기개세가 유석을 부른 것이라고 생각했다.

피 범벅인 손진의 모습을 보고 그렇게 생각하는 것도 무리가 아니다. 그 정도로 처참했다.

"진매… 크흐흑!"

급기야 유석이 울음을 터뜨리며 멈칫멈칫 침상으로 다가가자 여자들도 그 뒤를 따르며 울음을 터뜨렸다.

그때 침상 위 손진 옆에 가부좌로 앉아 있던 기개세가 힘없이 바닥으로 내려서며 유석에게 말했다.

"진아를 잘 씻겨줘."

유석은 듣는 둥 마는 둥 끄덕였다. 관에 넣기 전에 잘 씻겨
주라는 소리로 들은 것이다.

기개세는 문 쪽으로 휘적휘적 걸어가며 한마디 더 했다.

"되도록 따뜻하게 해주고 몸에 열이 나게 하는 것들을 죽
으로 쒀서 먹이도록 해."

"……!"

침상 가까이 다가갔던 유석이 뚝 걸음을 멈추고 급히 기개
세를 돌아보았다.

"설마… 진매가 살아난 것입니까?"

"그럼 내가 형을 홀아비로 만들겠어?"

"아아……."

온몸을 부르르 격하게 떠는 유석의 눈에서 뜨거운 눈물이
쏟아졌다.

여자들도 함께 흐느껴 울었다. 하지만 조금 전에 흘린 눈물
하고는 전혀 다른 의미의 눈물이다.

갑자기 유석이 기개세에게 달려가 그를 와락 껴안으며 미
친 듯이 소리쳤다.

"세아! 고맙다! 정말 고맙다! 으허엉!"

기개세는 유석의 등을 두드리며 미소 지었다.

"아버지가 될 사람이 이렇게 울보면 되겠어?"

"……."

유석은 어리둥절한 얼굴로 기개세의 품에서 떨어졌다.

그때 아미가 조그만 바구니를 하나 들고 다가오며 방그레 미소 지었다.

"그녀는 임신 중이었어요. 칠 개월째였는데 중상을 입는 바람에 조산(早産)하게 된 거예요."

유석은 눈을 동그랗게 뜨고 바구니 안을 굽어보았다.

바구니 안에는 비단천이 깔려 있고, 그곳에 주먹만 한 핏덩이 하나가 누워 있었다.

피 칠을 한 채 누워 있는 그것에 팔다리가 달리지 않았다면 그저 핏덩이라고만 여겼을 것이다.

"치료하면서 문주께서 직접 아기를 받아내셨어요. 여자 아기예요. 너무 이른 조산이기는 하지만 문주께서 손을 쓰셨기 때문에 건강하게 자랄 거예요."

"아아……."

바구니를 건네받은 유석의 눈에서 뜨겁고도 굵은 눈물이 후드득 떨어져 핏덩이 아기의 몸을 적셨다.

눈물에 피가 씻기면서 아기의 뽀얀 살결이 부분적으로 드러났다.

무슨 이유에선지 손진은 유석에게 임신한 사실을 말하지 않았었다.

그리고는 점점 불러오는 배를 천으로 꽁꽁 싸매서 드러나지 않게 하고 다녔었다.

　낙양성을 떠난 쌍봉선은 밤에도 쉬지 않고 강물 위를 미끄러져 갔다.
　황하는 워낙 강폭이 넓고 수심이 깊은데다 쌍봉선은 숙달된 뱃사람들이 몰고 있어서 밤이라고 해도 낮이나 다름없이 잘 운항하고 있다.
　척!
　기개세가 갑판 아래 어느 선실 앞에 이르자 그곳을 지키고 있던 두 명의 성검백수가 공손히 허리를 굽히고는 문을 열어 주었다.
　기개세가 선실 안으로 들어가고 그 뒤를 아미와 나운상, 독고비가 따랐다.
　선실에는 창도 없고 아무런 가구도 없었다. 단지 바닥에 한 명의 수라쾌가 책상다리로 앉아 있었다.
　기개세는 수라쾌를 다 죽이지 않고 한 명을 산 채로 제압했었다. 그를 심문하여 알아낼 것이 있었기 때문이다.
　아미가 성검백수에게서 건네받은 의자를 수라쾌 앞에 놓자 기개세가 그곳에 앉았다.
　수라쾌는 혈도가 제압된 채 앉아 있기 때문에 움직일 수도, 말을 할 수도 없는 상태다.
　기개세가 슬쩍 손을 흔들자 수라쾌의 아혈이 풀렸다. 그런데도 수라쾌는 아무 말도 하지 않고 입을 굳게 다물었다.

그는 가장 처참하게 죽더라도 기개세가 묻는 것에 대해서는 단 한 마디도 대답하지 않을 듯한 지독한 표정을 지은 채 기개세를 무섭게 쏘아보았다.

그때 아미가 손바닥을 활짝 펴서 수라쾌의 머리를 덮었다가 곧 떼었다.

짧은 순간이지만 그녀는 수라쾌의 머릿속에 약간의 천신기혼을 주입했다.

그 정도면 수라쾌는 기개세가 묻는 말에 고분고분하게 대답할 것이다.

방금 전까지만 해도 기개세를 잡아먹을 듯하던 수라쾌의 눈빛이 무척이나 온순하게 변했다.

이윽고 기개세가 담담한 목소리로 입을 열었다.

"너는 누구냐?"

수라쾌는 공손히 대답했다.

"수라십별의 수라사십오쾌라고 합니다."

수라사십오쾌를 심문하고 난 후 자신의 거처로 돌아온 기개세는 안색이 어두웠다.

수라사십오쾌는 많은 것을 알고 있지 않았다. 단지 자신이 소속되어 있는 수라쾌별과 그것이 속해 있는 신삼별조에 대해서만 알고 있었다.

하지만 바로 그것이 기개세를 우울하게 만들었다.

수라쾌별, 지옥잔별, 무한겁별을 신삼별조라고 한다.

신삼별조는 태자 이반의 직속 조직으로 오직 그의 명령에만 움직이며, 각 천 명씩 이루어졌다.

아니, 낙성검가를 습격한 수라십별 백 명이 죽었기 때문에 이젠 이천구백 명이다.

신삼별조 중에서 수라쾌별이 가장 약하고 무한겁별이 가장 강하다.

지옥잔별 오백 명이 수라쾌별 전체 천 명과 싸우면 대등한 수준이고, 무한겁별 백 명이 지옥잔별 전체 천 명을 한나절 안에 모조리 죽일 수 있을 정도의 실력이다.

무한겁별은 북경성 자금성 안 태자 이반 근처에 머물고 있으며, 지옥잔별은 산동성 제남성에, 수라쾌별은 안휘성 합비성에 은둔해 있다.

이상이 기개세가 수라쾌에게서 알아낸 전부다.

"신삼별조라……."

기개세는 소옥군이 따라준 술잔을 만지작거리기만 할 뿐 마시지 않고 있다가 나직이 중얼거렸다.

기개세와 함께 수라사십오쾌의 실토를 들은 나운상과 독고비의 얼굴은 기개세보다 더 심각했다.

이틀 전 밤에 낙성검가는 단 백 명의 수라쾌, 즉 수라십별에게 풍비박산됐었다.

서주동이 죽고 손진이 엄중한 중상을 입었으며, 성검백수 삼십이 명이 죽었다.

뿐만 아니라 기개세와 아미, 독고비를 제외하곤 크든 작든 모두 부상을 당했다. 그 정도이니 풍비박산이라고 해도 지나친 말이 아니다.

나운상과 독고비가 보기에 기개세는 도합 육십 명의 수라쾌를 죽였는데 그 과정에서 약간 고전을 한 듯했다.

신삼별조 중에서 가장 약한 수라쾌별 백 명의 습격에 그 정도였다면, 만약 수라쾌별 전체가 습격을 했으면 기개세가 당할 수도 있었다는 뜻이다.

그런데 수라쾌별보다 강한 지옥잔별과 무한겁별이 공격을 해온다면……. 생각만 해도 아찔하다.

기개세가 당한다는 것은 그의 측근 모두가 전멸하는 것을 의미한다.

거기까지 생각이 미친 나운상과 독고비는 더 이상 생각하는 것이 두려웠다.

소옥군과 소랑은 그녀들에게 아무런 애기도 듣지 못한 상태이기 때문에 어째서 분위기가 가라앉아 있는 것인지 알 수 없었다.

오직 한 사람, 아미는 평소와 다름없이 아무렇지도 않은 얼굴로 기개세 오른편에 오롯이 앉아 있었다.

수라쾌의 실토를 들은 사람들이 모두 심각함에 빠져 있는

데 그녀는 아무것도 모르는 천진난만한 어린아이 같았다.

"어쩌면……."

그때 기개세가 술을 입 안에 쏟아붓듯이 마시고 나서 무겁게 입을 열었다.

"중원을 되찾으려면 예상하고 있는 것보다 훨씬 더 길고도 어려운 싸움이 될지도 모르겠군."

그 말에 나운상과 독고비는 더 어두운 얼굴이 되었고, 소옥군과 소랑은 적이 놀라는 표정을 지었다.

"대가."

한참 더 침묵이 흐른 후에 독고비가 말문을 열었다.

"우리도 뭔가 대처를 해야겠어요."

기개세도 마침 그런 생각을 하고 있던 터라 가볍게 끄덕였다.

"그래야겠지?"

"신삼별조를 상대하기 위한 조직을 우리도 키워야 할 것 같아요. 그들보다 더 강하게 말이에요."

말로 하기는 쉽지만 그것을 실행에 옮기는 것은 결코 쉬운 일이 아니다.

그토록 막강한 신삼별조를 상대하기 위한 조직을 키우자면 일이 년으로는 어림도 없다.

신삼별조도 그렇게 강해지기 위해서 오랜 세월 동안 엄청난 투자와 노력을 필요로 했을 것이다.

소옥군과 소랑의 얼굴이 궁금함으로 가득 물들자 나운상이 신삼별조에 대해서 자세히 설명을 해주었다.

설명을 듣고 난 소옥군과 소랑은 놀라움을 금치 못했다. 그리고는 그녀들도 이내 다른 사람들처럼 심각해졌다.

다시 무거운 침묵이 흘렀다. 지금 같은 상황에서는 아무도 쉽사리 입을 열지 못했다.

일각쯤 지난 후에 침묵을 깬 사람은 소옥군이다.

"천첩의 생각은 독고 아우하고는 좀 달라요."

기개세 왼쪽에 앉은 소옥군이 그를 바라보면서 총명하게 눈을 빛내며 아름다운 옥음을 발했다.

모두들 독고비의 의견을 긍정적으로 생각하고 있는 중인데, 소옥군은 그녀하고는 다른 생각이라고 하자 모두 의아한 표정을 지었다.

"삼황사벌과의 싸움은 장기전으로 갈수록 우리에게 불리해요. 그들은 세월이 흐르면 흐를수록 중원에 더욱 깊은 뿌리를 내릴 것이고, 더 강해질 거예요."

소옥군의 말은 큰 설득력이 있어서 아무도 그녀의 말을 반박하지 못했다.

"반면에 우리는 남경성에 고립된 상태에서 삼황사벌하고는 반대의 길을 걷게 될 거예요."

즉, 점점 쇠락해질 것이라는 뜻이다. 그리고 그 말 역시 아무도 반박하지 못했다.

"우리가 신삼별조를 상대하기 위한 조직을 키우는 동안에 삼황사벌이 또 다른 신삼별조를, 아니, 그보다 더 강한 조직을 만들어내면 어떻게 하겠어요?"

머리는 이쪽에만 있는 것이 아니다. 이쪽이 머리를 쓰면 그쪽에서도 머리를 쓸 것이다.

그리고 무엇인가를 만들어낸다면, 남경성에 고립된 천검신문보다는 천하를 좌지우지하는 울제국이 더 유리한 입장이라는 것은 두말할 필요도 없다.

신삼별조를 만들어낸 삼황사벌이라면 세월이 흐르는 동안 신삼별조보다 더 막강한 조직을 만들어내지 말라는 법이 없을 것이다.

"그런가?"

중얼거리는 기개세의 목소리가 답답해졌다.

독고비는 자신의 뜻만 관철시키려고 고집을 부리는 우매한 여자가 아니다.

그녀는 소옥군의 말이 옳다고 여기고는 곧바로 자신의 뜻을 접었다.

아미 옆에 꼿꼿한 자세로 앉은 독고비는 소옥군을 바라보며 조심스럽게 물었다.

"혹시 옥군 언니께 달리 방법이 있으신 게 아닌가요?"

모두의 시선이 소옥군에게 집중되었다. 평소 그녀는 누군가의 의견을 반박하면 꼭 거기에 합당한 다른 방법을 내놓았다. 그것이 그녀의 성품이다.

소옥군은 가볍게 끄덕이고 나서 차분하게 가라앉은 목소리로 대답했다.

"한 가지 있기는 한데 너무 우매한 방법이 아닐지……."

"말해봐. 군아의 말이라면 황하가 거꾸로 흐른다고 해도 믿으니까."

기개세가 절대적인 믿음이 담긴 말을 해주자 소옥군은 용기가 생겼다.

"신삼별조를 없애는 거예요."

그게 무슨 말도 안 되는 소린가 하는 표정을 짓는 사람은 아무도 없다.

오히려 모두들 반짝반짝 눈을 빛내면서 그녀의 다음 말에 귀를 기울였다. 그만큼 소옥군은 주위 사람들로부터 깊은 신뢰를 받고 있다.

"다행히 신삼별조가 따로 흩어져 있으므로 시도해 볼 만하다고 생각해요."

일단 그렇게 말해놓고 소옥군은 조심스럽게 기개세의 표정을 살폈다.

말을 하고 보니까 무모한 방법 같기도 하다는 생각이 들었기 때문이다.

"괜찮군."

그런데 기개세가 진지한 얼굴로 가볍게 끄덕였다.

거기에 독고비가 힘을 실었다.

"그렇죠? 천첩도 옥군 언니의 계획에 전적으로 찬성해요. 현재로선 최고의 계획인 것 같아요."

총명함으로는 누구에게도 뒤지지 않는 나운상도 주먹을 꼭 쥐면서 밝은 목소리로 화답했다.

"신삼별조도 반드시 약점이 있을 거예요. 그놈들이라고 항상 떼 지어서 다니지는 않겠죠. 따로따로 떨어져 있으면 한번 해볼 만해요."

"약점이 없다면 만드는 거예요."

독고비가 응수했다.

기개세는 손가락으로 탁자를 가볍게 두드리면서 깊은 생각에 잠긴 얼굴로 중얼거렸다.

"신삼별조를 각개격파한다……. 좋아, 해볼 만하군."

그의 얼굴은 아까처럼 그다지 어둡지만은 않았다.

낙양성을 출발한 쌍봉선은 닷새 만에 산동성 경내로 들어서게 되었다.

밤낮으로 계속해서 풍악 소리와 기녀들의 노랫가락과 웃음소리가 흘러나오는 유람선을 의심의 눈길로 쳐다보는 사람은 없었다.

닷새째에 쌍봉선이 산동성 경내에 진입했을 때, 울제국 군사들이 탄 소형 쾌속선이 다가와 쌍봉선을 세우고 검문을 했으나 별 탈 없이 무사통과했다.

쌍봉선에 올라탄 울군사들에게 기녀들이 푸짐하게 한상 떡 벌어지게 내놓고 술을 권하면서 애교를 부리자, 그들은 잘 얻어먹은 후에 쌍봉선을 대충 휘둘러보고는 소형 쾌속선을 타고 떠났다.

또한 닷새째에는 손진이 긴 혼절에서 깨어나서 많은 사람들을 기쁘게 만들었다.

하지만 손진 자신보다 기쁜 사람은 없을 것이다. 죽다가 살아났으며, 어여쁜 딸을 얻었고, 사랑하는 유석을 다시 보게 되었으니 말이다.

앞으로 별일이 없다면 쌍봉선은 이틀 후에는 제남성을 지날 것이고, 나흘 후에는 동해바다로 나가게 될 것이다.

출발 엿새째.

쌍봉선의 갑판 아래는 사층 구조로 되어 있으며 각 층에는 선실이 열다섯 개씩 있다.

가장 아래층에는 낙성검가에 침입했던 수라십별과의 싸움에서 부상을 당한 성검백수들이 머물고 있다.

낙양성을 출발한 이후 기개세 등은 틈만 나면 이곳에 내려와서 부상자들을 치료하는 일에 전념했다.

지금도 기개세를 비롯하여 아미와 소옥군, 나운상, 독고비, 소랑이 구슬땀을 흘리면서 부상자들을 치료하고 있다.

부상당한 성검백수는 모두 스물한 명인데, 평소에는 얼굴조차 볼 수 없는 태문주로부터 직접 치료를 받고 또 그의 다섯 부인에게 치료를 받으므로 감격에 겨워서 어쩔 줄을 몰랐다.

나운상도 자신의 수하들을 기개세와 부인들이 몸소 치료하는 것에 무척이나 고마워했다.

지난 엿새 동안 쉬지 않고 치료를 한 덕분에 이제는 중상자 일곱 명을 제외한 다른 사람들은 모두 완치되어 갑판 위로 올라갔다.

완치된 성검백수들에게는 또 다른 상이 기다리고 있었다.

원래 부상을 당하지 않은 성검백수 사십칠 명 중에서 절반은 갑판 위 두 개의 전각 여러 개의 방에 나누어 들어앉아서 쌍봉루의 기녀들과 더불어서 주흥에 빠져 있는 중이다.

쌍봉선을 유람선으로 보이기 위한 방법인데, 그 바람에 성검백수들만 때 아닌 호강을 누리고 있다.

그리고 나머지 절반은 뱃사람 복장을 하고 쌍봉선의 곳곳에 흩어져서 주변을 경계하고 있다.

이들 사십칠 명은 둘로 나누어서 한나절씩 주흥과 경계를 번갈아하고 있는 것이다.

이들이 쌍봉루 기녀들과 주흥을 즐기는 것은 근사한 위장술이 되고 있다.

그들 덕분에 누가 보더라도 쌍봉선은 돈 많은 한량들이 질탕하게 풍류를 즐기는 것으로 비춰지고 있었다.

선창에서 치료를 끝내고 올라온 성검백수 열네 명을 기다
리고 있는 것은 미끈하고 어여쁜 쌍봉루 기녀들의 시중을 받
으면서 주흥을 즐기는 것이었다.

선창에서 치료를 하고 있는 기개세에게 천라대가 보낸 전
서구의 서찰을 갖고 한 사람이 급히 내려왔다.

그 사람은 다름 아닌 삼야차의 형곤이다. 쌍봉루에서 숙식
을 하면서 생활했던 삼야차가 기개세와 가란, 설화쌍봉이 떠
나는데 같이 따라오는 것은 당연한 일이다.

예전에 기개세는 천문으로 떠나기 전에 주변의 여자들과
의 관계를 정리하는 과정에서, 가란과 설화쌍봉에게 딱 부러
지게 자신의 의사를 전했었다. 즉, 그녀들을 여자로서 받아들
일 수 없다는 말이다.

가란과 설화쌍봉은 한동안 울고불고 난리가 났었으나 세
월이 흐르면서 충격과 슬픔이 점차 가라앉았다.

기개세는 그녀들에게 여자로서의 결별을 선언하고 나서
삼야차에게 그녀들을 당부한다고 부탁했었다.

원래 형곤은 가란을 남몰래 짝사랑했으며, 철웅은 화봉을,
고태는 설봉을 연모하고 있었다.

그러나 자신들과 그녀들의 신분의 격차 때문에 고백을 하
는 것은 언감생심 꿈도 꾸지 못했다.

더구나 당시의 그녀들은 기개세의 여자였기에 더더욱 그럴 수가 없었다.

하지만 기개세가 그녀들을 놓아준 후 세월이 흐르면서 삼야차와 그녀들은 좋은 사이가 되었다.

현재는 자신들이 꿈꾸었던 대로 형곤은 가란과 철웅은 화봉과 고태는 설봉과 아직 깊은 사이는 아니지만 좋은 관계를 유지하고 있다.

"금비라, 천라대로부터 서찰입니다."

형곤은 성검백수를 치료하고 있는 기개세에게 공손히 서찰을 내밀었다.

그는 기개세가 천검신문의 태문주지만 여전히 무창성 시절의 호칭인 '금비라'라고 부르고 있다.

세상 사람들에겐 기개세가 태문주일지 몰라도 삼야차에겐 죽을 때까지 금비라다.

"응. 고맙다, 형곤."

기개세는 끄덕이고는 피 묻은 손을 닦고 서찰을 받아 들었다.

"이것은 좋은 일이로군."

그는 읽고 난 서찰을 나운상에게 건네면서 흡족한 미소를 지었다.

나운상은 읽은 서찰을 독고비에게 주면서 환한 표정을 지으며 환호하듯 외쳤다.

“대정고수가 남경성에 천오백여 명이나 운집했다니 가뭄에 단비처럼 기쁜 일이로군요!”

서찰을 다 읽고 난 독고비가 기쁜 얼굴로 나운상의 말을 받았다.

“더구나 대정숙의 정도고수 천 명과 대정생도 오백여 명까지 모였다는군요.”

삼황사벌이 중원을 점령한 직후에 행한 여러 가지 일 중에 하나가 대정숙을 해체하는 것이었다.

중원 무림의 근간인 정파의 후기지수들을 양성하는 대정숙을 그냥 놔둘 리가 없다.

하루아침에 날벼락을 맞은 대정숙은 며칠 사이에 정도고수들과 숙수, 예인들, 그리고 대정생도들 모두 뿔뿔이 흩어진 것으로 알려졌었다.

그런데 그들이 거의 대부분 남경성에 모였다니 실로 뜻하지 않은 낭보다.

기개세는 대정숙을 수료하기 전에 대정총장인 풍천으로부터 대정신기패를 받은 적이 있다.

대정신기패는 그동안 대정숙을 수료한 사람들, 즉 대정고수들을 유사시에 불러 모아 그들을 지휘할 수 있는 권한을 지닌 신물이다.

태문주가 되어 낙양성에 도착한 기개세는 그 다음날 나신효에게 천라대를 이용하여 대정고수들에게 남경성에 집결할 것을 전하도록 했었다.

여태껏 대정숙을 수료한 대정고수는 총 육천오백칠십 명이며, 현재 생존한 대정고수는 천오백육십이 명이다.

그런데 천오백육십이 명 중에서 천오백여 명이 남경성에 운집했다면 거의 대부분 모였다는 것이다.

기개세와 일행은 그들이 모였다는 사실보다 아직 중원의 정의가 맥맥이 살아 있다는 사실에 크게 고무되었다.

第百十一章

지옥잔별(地獄殘別)

大夫
대사부

낙양성을 출발한 지 칠 일째.

제남성을 코앞에 둔 상황에서 쌍봉선으로 두 마리 전서구가 날아들었다.

하나는 더없이 반가운 소식이고, 또 하나는 비보(悲報)다.

첫 번째 소식은, 남경성을 중심으로 울제국과 싸움이 벌어졌는데 순조롭게 진행 중이라는 것이다.

남경성에 천검신문 세력이 집결한 사실을 울제국이 까맣게 모르고 있었기에 가능한 일이다.

만약에 그들이 알았다면 만반의 준비를 했거나 대규모 울고수와 울군사들을 증파했을 것이다.

두 번째 소식은, 낙양성과 개봉성이 괴멸했다는 것이다.

낙양대전에서 패배한 패가수의 십칠만 울고수와 울군사들은 재차 개봉성을 급습하려고 했으나 기개세와 아미, 독고비에게 한차례 크게 휘둘리고는 전의가 꺾였었다.

그러나 그들은 곧 전열을 가다듬고 목전의 개봉성으로 진군했다.

그러나 개봉성에는 천검신문 고수들이 단 한 명도 남아 있지 않아서 다시 퇴각할 수밖에 없었다.

기개세는 나신효로부터 패가수와 십칠만 대군이 북경성 방향으로 이동하고 있다는 보고를 받았었다. 그래서 안심하고 낙양성을 떠났던 것이다.

그런데 퇴각하던 패가수의 군대가 다시 되돌아가서 먼저 개봉성을, 그리고 다음에 낙양성을 차례로 짓밟았다는 것이다.

그들이 애초부터 낙양성과 개봉성을 괴멸시킬 작정이었다면 구태여 퇴각하지 않았을 것이다.

그런데 퇴각을 하다가 발길을 돌려 낙양성과 개봉성을 괴멸시켰다는 것은, 중도에 태자 이반의 명령을 받았다는 사실을 입증하는 것이다.

낙양성과 개봉성은 말 그대로 '괴멸'을 당했다. 살아 있는 것은 개 한 마리조차 남기지 않고 모조리 죽었다.

두 곳 성에는 천검신문 고수가 한 명도 남아 있지 않았다.

있다면 원래 그곳에 뿌리를 내리고 있던 몇 개의 방, 문파들이 전부다.

울제국이 두 성을 괴멸시킨 것은 한 가지로밖에는 이해되지 않는다.

태자 이반의 복수다. 낙양대전에서 패배하고, 개봉성 공격도 실패로 끝났으며, 수라쾌별의 수라십별의 급습도 그들의 전멸로 끝난 것에 대한 응징이며 복수라고밖에는 생각할 수가 없다.

지금까지 삼황사별은 중원을 침공하여 정복하는 과정에서 무고한 백성들은 일체 건드리지 않았다.

그랬는데 그것을 깨버리고 낙양성과 개봉성을 피로 씻어버린 것이다.

울제국이 낙양성과 개봉성을 괴멸시킨 것은 천검신문을 자극하는 행위다.

또한 이후 천검신문이든 중원의 그 무엇이든 무자비한 살수를 펼치겠다는 선포다.

서찰을 손에 쥔 기개세는 망연자실한 표정으로 창밖만 바라보고 있을 뿐이다.

그의 무릎에 앉은 소랑이나 좌우의 아미와 소옥군, 나운상과 독고비는 그의 표정이 너무 어두워서 감히 아무 말도 하지 못하고 침묵만 지켰다.

그녀들은 아직 서찰을 읽지 못한 상태다. 아직 그가 손에

서찰을 쥐고 있기 때문이다.

그때 가란이 하녀들을 이끌고 들어섰다. 하녀들은 여러 가지 맛있는 요리와 술을 가져와 탁자에 차렸다.

기개세가 배가 필요하다고 말했을 때 가란은 쌍봉루를 다른 사람에게 맡기고 그를 따라서 남경성으로 갈 모든 준비를 마쳤었다.

물론 설화쌍봉도 함께 왔다. 기개세가 없는 낙양성에 머물러 있어야 할 이유가 없기 때문이다.

가란과 설화쌍봉은 기개세가 가는 곳이면 지옥까지라도 따라간다는 신념을 오래전부터 품고 있었다.

기개세가 그녀들을 더 이상 여자로서 인정하지 않는다고 결별을 선언했더라도, 그리고 그것을 받아들였어도 기개세에게 향한 그녀들의 신념은 꺼지지 않았다. 게다가 삼야차도 기개세를 따라가지 않는가.

기개세는 낙양성을 출발한 이후 계속 바빴기 때문에 가란은 좀처럼 그를 만날 수 있는 기회가 없었다.

그가 칠 일 만에 비로소 술을 마시고 싶다고 하자 가란은 최고의 요리를 만들어서 득달같이 달려온 것이다.

"아잉~ 천첩은 기대가 보고 싶어서 눈이 빠져 버리는 줄 알았어요."

가란은 앉아 있는 기개세 뒤에서 두 팔로 그의 목을 끌어안고 그의 등에 풍만한 젖가슴을, 그리고 자신의 뺨을 그의 뺨에 비비면서 한껏 교태를 부렸다.

아미를 제외한 여자들은 그 광경에 깜짝 놀랐다. 가란이 분위기를 파악하지 못하는 행동을 하기 때문이다.

가란은 이곳에 있는 다섯 여자가 기개세의 부인이나 다름이 없는 신분이라는 사실을 알고 있지만 추호도 개의치 않고 예전에 하던 대로 행동했다.

그러자 기개세는 굳었던 얼굴을 풀고 빙그레 미소 지으면서 서찰을 내려놓았다.

"하하하! 란아, 너는 젖가슴이 더 풍만해졌구나."

"그럼요. 천첩은 이제 스물네 살이거든요?"

정말 그녀는 여자로서는 절정기인 이십대 중반의 나이로 육체가 무르익을 대로 무르익어서 슬쩍 건드리기만 해도 터질 것만 같았다.

기개세의 칭찬에 신바람이 난 가란은 그와 소옥군 사이로 비집고 앉아서 그의 손을 자신의 앞섶 속으로 거침없이 쑥 집어넣으며 교소를 터뜨렸다.

"호호홋! 얼마나 크고 풍만해졌는지 한번 직접 만져 보세요. 예전하고 느낌이 다를 거예요."

다섯 여자 앞에서 실로 안하무인격인 행동이다. 하지만 그것은 오래전부터 가란과 기개세 사이의 너무도 예스러운 행동이기도 하다.

또한 다섯 여자 앞에서 기죽지 않겠다는 가란의 작은 '도

발’ 같은 것이다.

기개세는 태연히 가란의 앞섶 속으로 젖가슴을 주무르면서 끄덕였다.

“음. 과연 크게 풍만해졌을 뿐만 아니라 유두도 크고 단단해졌구나.”

“아잉.”

기개세가 유두를 살짝 비틀자 가란은 몸서리를 치면서 허리를 꼬며 비음을 흘렸다.

그사이에 여자들은 돌아가면서 서찰을 읽고 있었다.

“이럴 수가……!”

아미를 제외한 네 여자는 서찰을 읽고 나서 안색이 하얗게 질려 버렸다.

“란아.”

기개세는 가란의 젖가슴에서 손을 빼고 서찰을 그녀에게 건네주었다.

의아한 얼굴로 서찰을 읽고 난 가란은 아름다운 두 눈을 휘둥그렇게 뜨며 기개세에게 물었다.

“맙소사! 기 대가, 설마 쌍봉루도 당했을까요?”

낙양성을 괴멸시킨 울제국이 낙양성 밖 양수하의 기루들을 내버려 뒀을 리가 없다.

중원 각지에서 돈을 벌어보겠다고 모여든 아리따운 기녀들이 울고수와 울군사들에게 무참히 겁탈과 윤간을 당한 후에 죽었다는 사실을 아직 이들은 제대로 알지 못하고 있었다.

기개세가 묵묵히 끄덕이자 가란은 금세 눈물을 방울방울 흘리며 그의 가슴에 얼굴을 묻었다.

"으흐흑! 불쌍해서 어쩌면 좋아요."

기개세는 말없이 그녀의 등을 쓰다듬으며 위로했다.

기개세는 독고비에게 하나의 물건을 주었다.

"비야, 이제부터 네가 이것을 간수하도록 해라."

그것은 대정신기패였다. 즉, 기개세는 천오백 대정고수의 지휘권을 독고비에게 일임한 것이다.

쌍봉선 갑판에 지어진 두 채의 전각 사이에 오층 높이로 솟아 있는 누각 오층이 기개세와 다섯 여자의 침실이다.

잠을 자기 위해서 옷을 벗고 있는 중에 기개세가 독고비에게 대정신기패를 준 것이다.

독고비는 대정신기패를 잘 갈무리한 후 옷을 완전히 벗고 알몸이 되어 침상에 누웠다.

아미는 손수 기개세의 옷을 벗겨준 후에 자신의 옷을 벗고 나서 그가 침상에 눕자 자신은 그 옆에 가만히 누웠다.

언제나처럼 기개세의 몸 위에 엎드려 있던 소랑은 한순간 화들짝 놀랐다.

기개세의 그것이 소랑의 몸속으로 느닷없이 거칠게 밀고 들어왔기 때문이다.

이런 적은 한 번도 없었다. 기개세와 다섯 여자는 관계를 하기 전에 충분히 전희(前戲)를 즐기는 편이다.

그런데 지금 기개세는 예고도 없이 그대로 소랑의 몸속으로 진입해 버린 것이다.

"아아……."

기개세에 비해서 절반에도 못 미치는 체구를 지닌 소랑의 가녀린 몸이 바르르 떨리며 신음이 새어 나왔다.

기개세는 분노했다. 낙양성과 개봉성의 괴멸이 그가 분노하고 있는 원인이다.

지금 그는 분노를 몸으로, 욕정을 푸는 것으로 대신하려는 것이다.

그는 다섯 여자를 차례차례 거칠게 짓밟기 시작했다. 평소처럼 부드러운 행동이 아니다. 마치 적을 대하듯 함부로 그녀들을 다루었다.

기개세를 따라서 여자들도 몸으로 분노를 풀었다. 그녀들의 분노도 기개세만 못지않기 때문에 기개세가 거칠게 다룰수록 그녀들은 평소하고는 비교도 할 수 없을 정도로 극도의 쾌락과 절정을 맛보았다.

휘몰아치는 폭풍우 같은 정사가 끝난 것은 그로부터 두 시진 후였다.

"계획을 약간 바꾸겠다."

　땀으로 범벅된 기개세는 자신에게 안겨 있는 여자들의 몸을 쓰다듬으면서 나직이 중얼거렸다.

　기개세에게 골고루 짓밟힌 여자들은 분노가 많이 가신 상태가 되었다.

　그녀들은 기개세의 몸을 쓰다듬고 입술로 문지르고 만지면서 그의 다음 말을 기다렸다.

　"나와 아미는 제남성에서 내리겠다."

　여자들의 동작이 뚝 멈추었다.

　"지옥잔별을 찾으려는 것인가요?"

　다섯 여자 중에 총명하지 않은 사람은 한 명도 없다. 독고비가 기개세의 뜻을 간파하고 굳은 표정으로 물었다.

　"그래."

　기개세는 여전히 차갑게 굳은 표정으로 독고비의 속으로 들어가며 으르렁거리듯이 말했다.

　"하악! 천첩도 데려가 주세요."

　독고비는 예리한 칼에 복부를 찔린 듯 자지러지면서도 자신의 의지를 굽히지 않았다.

　"저도… 천첩도 가겠어요."

　기개세는 하체에 힘을 주어 독고비를 짓밟으면서 자르듯이 단호하게 말했다.

　"나와 아미 둘만 간다."

제남성 동북쪽에 위치한 황일교(黃壹橋)라는 곳은 포구로 번성한 마을이다.

황하를 오르내리는 거의 모든 배가 제남성의 관문인 이곳 황일교에 정박하기 때문에 밤낮으로 수천 척의 크고 작은 배들이 포구에 몰려서 북새통을 이루고 있다. 그렇기 때문에 포구 역시 매우 크다.

어스름 땅거미가 깔릴 무렵에 한 척의 꽤 큰 배가 황일교 포구로 들어섰다.

깃발도 아무런 표식도 없는 배는 유람선처럼 보였지만 워낙 많은 배가 모여 있고 또 바쁜 탓에 아무도 그 배를 눈여겨보지 않았다.

배는 많은 배들 사이를 요리조리 비집고 들어가 배들이 끝없이 늘어선 포구에 가만히 정박했다.

그리고는 잠시 후 배는 모든 불을 끄고 어두워졌다. 정박하는 동안에 사위가 어두워졌기 때문에 배는 어둠 속에서 더욱 어둡게 웅크리고 있었다.

대도(大都) 제남성은 밤에도 불이 꺼지지 않는 불야성(不夜城)으로 유명하다.

성내 번화가 중에서도 가장 복잡하기로 소문난 영진문(永鎭門) 거리에 일남일녀가 나란히 걷고 있다.

남자는 밤에는 눈에 잘 띄지 않는 갈의 경장을 입고 절대신

검을 어깨에 멘 기개세이고, 여자 역시 갈의 경장에 면사로
눈 아래 얼굴을 가린 아미다.

아미가 면사로 얼굴을 가린 이유는 워낙 미모가 뛰어나서
사람들의 이목을 끌기 때문이다.

중원에서는 여자들이 여러 가지 이유로 얼굴에 면사를 쓰
고 다니기 때문에 아미를 눈여겨보는 사람은 거의 없었다.

천하에서 천검신문에 대해서 모르는 사람은 아마 단 한 명
도 없을 것이다.

그런데 천검신문의 태문주가 버젓이 대로를 걷고 있다는
사실 또한 아무도 짐작하지 못할 터이다.

기개세의 준수한 외모 때문에 사람들이 이따금 쳐다보기
는 했으나 거리에 워낙 많은 사람들이 물결처럼 오가기 때문
에 그의 모습은 곧 사람들 속에 파묻혀 버렸다.

[문주, 저기예요.]

아미가 한곳을 쳐다보면서 심어로 말하자 기개세는 즉시
그녀가 보는 곳으로 시선을 주었다.

어디라고 그녀가 굳이 가리킬 필요가 없다. 그녀가 생각하
는 것은 동시에 기개세도 생각하기 때문이다.

두 사람의 시선이 멈춘 곳은 대로변에 위치한 어느 번화한
삼층의 주루였다.

풍림각(風林閣)이라는 이름이다. 나신효의 천라대는 중원
곳곳에 주루를 운영하고 있으며 모두 풍림각이라는 이름을

사용하고 있다.

그곳에서 천라대의 고수들이 기거하며 정보를 수집하거나 울제국의 요인들을 감시한다.

천라고수들이 신분을 은폐하고 활동하기에 주루보다 더 좋은 위장은 없을 것이다.

일전에 나신효는 중원 곳곳에 흩어져 있는 천라대의 거점들, 즉 칠십여 개의 풍림각의 위치에 대해서 한차례 보고를 한 적이 있었다.

그때 아미도 곁에서 들었는데 두 사람은 한 번 듣고 칠십여 곳 풍림각의 위치를 외워 버렸었다.

차륵!

기개세와 아미는 주렴을 걷으면서 주루 풍림각 안으로 태연하게 들어갔다.

주루 안은 발 디딜 틈도 없이 손님들로 가득 차 있었는데, 훤칠한 체구의 이십대 중반의 점소이가 활달하게 두 사람을 맞이했다.

그때 회계대 앞에 서서 식사를 끝낸 손님의 계산을 하고 있던 중년인이 기개세를 발견하고 흠칫 눈빛이 변했다.

그러나 단지 그것뿐 중년인은 하던 계산을 마저 끝낸 후에 회계대를 다른 사람에게 맡기고는 마치 측간이라도 다녀올 것처럼 태연한 동작으로 그곳에서 물러나왔다.

회계대의 중년인은 물론 천라대 소속의 고수, 즉 천라고수로 풍림각의 각주를 맡고 있다.

그는 기개세와 아미를 맞이한 점소이에게 전음으로 뭔가 명령을 내렸는데, 사실 점소이도 천라고수 중에 한 명이다.

원래 풍림각은 주방을 제외한 모든 인원이 천라고수로만 채워져 있다. 비밀 유지에는 그보다 좋은 방법이 없다.

전음을 받은 점소이는 기개세와 아미를 이층으로 안내했다.

이층에서는 아래층이 훤하게 내려다보이는데, 절반은 탁자가 놓여 있고, 절반은 밀실로 이루어져 있다. 기개세와 아미가 안내된 곳은 잘 꾸며진 깔끔한 밀실이다.

두 사람이 자리에 앉아서 차 한 모금을 막 마셨을 때 조심스럽게 문이 열리고 회계대의 중년인이 들어섰다.

그는 밖의 동정을 살피고 나서 문을 닫더니 탁자 건너편 기개세 앞으로 다가와 그 자리에 부복하며 전음으로 아뢰었다.

[속하, 천라대 제오부(第五府) 삼당(三堂) 휘하 제팔단주(第八壇主) 염섭(廉燮)이 태문주를 뵈옵니다.]

그는 이마를 바닥에 댄 채 가늘게 떨리는 목소리로 자신을 소개했다.

태문주를 이렇게 가까이에서 대면하는 것이 처음이라서 그는 극도로 긴장했다.

천라고수 삼천 명은 천라대에 배치된 날부터 태문주를 직접 육안으로 보거나 아니면 전신(傳神:초상화)으로라도 태문주의 용모를 완벽하게 인지해야만 한다.

그것을 통과하지 못하면 다른 임무가 주어지지 않는다. 그러므로 제팔단주 염섭이 기개세의 얼굴을 모른다는 것은 말이 되지 않는다.

[일어나라.]

기개세의 심어가 염섭의 머릿속을 울리는 것과 함께 그의 몸이 저절로 펴져서 곧추세워졌다.

기개세가 손을 뻗지도 않은 채 단지 의기어신으로써 무형지기를 발출하여 그의 몸을 일으킨 것이다.

염섭이 놀라고도 황송한 표정으로 기개세를 쳐다볼 때 그의 목소리가 다시 머릿속을 가만히 울렸다.

[삼황사벌에는 신삼별조라는 특수한 조직이 있다.]

기개세는 염섭에게 신삼별조에 대해서 간략하게 설명을 해주고 나서 명령을 내렸다.

[그중에서 지옥잔별 천 명이 제남성에 있다고 한다. 찾을 수 있겠느냐?]

염섭은 망설임없이 즉답했다.

[존재하는 것이 분명하다면 찾을 수 있습니다.]

기개세는 끄덕였다.

[기다리마.]

척!

그때 갑자기 문이 열리고 한 사람이 빠르게 들어섰다.

움찔 놀란 염섭은 들어서서 등 뒤로 문을 닫고 있는 사람을 향해 번개같이 일장을 발출했다.

아니, 막 일장을 발출하려던 그는 크게 놀라는 얼굴로 급히 초식을 거두었다.

들어선 사람이 천불지도의 우두머리인 불도주 독고비라는 사실을 재빨리 간파한 것이다.

독고비는 염섭에게 눈길조차 주지 않고 기개세를 보면서 두 손을 앞에 모으고 혀를 날름 내밀었다.

[헤에… 와버렸어요.]

그녀의 심어가 기개세와 아미에게 전해졌다. 아니, 굳이 심어를 전할 필요도 없다.

머릿속에 떠올리기만 하면 동시에 기개세와 아미도 그 사실을 알아버리기 때문이다.

독고비는 기개세가 엄한 표정을 짓고 있지만 머릿속으로는 이미 그녀를 용서했다는 사실을 깨닫고 입술을 쫑긋 내밀어서 뽀뽀를 하는 시늉을 했다.

[와서 앉아.]

아미가 기개세의 옆자리를 가리키며 배시시 미소 지었다.

그러자 독고비는 쪼르르 달려와서 기개세 옆에 납죽 앉고 나서 그의 허벅지에 손을 올리고 아양을 떨면서 비벼댔다.

[걱정이 돼서 가만히 있을 수가 있어야지요.]

[말을 듣지 않다니 혼나야겠구나.]

독고비는 기개세의 그것을 꼭 잡으며 또 혀를 내밀었다.
[네. 아무쪼록 이것으로.]
기개세는 염섭을 향해 가볍게 끄덕였다.
염섭은 공손히 아뢰었다.
[삼층으로 자리를 옮기십시오.]

삼층 어느 방으로 안내된 기개세 일행은 어째서 염섭이 자리를 옮기라고 했는지 알게 되었다.
그곳은 한 칸의 넓은 방인데 커다란 침상과 거실 등이 갖추어져 있어서 숙식을 해결할 수 있었다.
이곳이라면 만약 지옥잔별을 찾아내는 일이 길어질 경우에도 기개세 일행이 편하게 지낼 수 있을 것이다.
하지만 그럴 만한 여유가 없다. 쌍봉선이 황일교 포구에 정박한 채 기다리고 있기 때문에 마음이 조급했다.
어찌 되었든 이곳은 울제국의 점령지가 아닌가. 재수가 없으면 쌍봉선이 발각될 수도 있는 것이다.
그렇게 되면 지옥잔별을 상대하는 것보다 더 큰 대가를 치르게 될 수도 있다.
기개세 오른쪽에는 아미가, 왼쪽에는 독고비가 앉아서 저녁 식사 겸 반주로 가볍게 술을 곁들였다.
기개세는 독고비가 온 것을 내심으로도 그다지 나쁘다고 생각하지는 않는다.

독고비는 기개세나 아미만큼은 아니지만 그래도 함께 행동하면 제 몫 이상을 해낸다.

지난번 개봉성 북쪽 황하 변에서도 그녀는 발군의 실력을 발휘하지 않았는가.

그녀는 천검신문 내에서는 기개세와 아미를 제외하곤 도기운과 더불어 가장 고강하기 때문에 데리고 다녀도 그다지 걱정하지 않아도 된다.

사실 기개세는 처음에 독고비를 데려갈까 하고 생각했으나 곧 그만뒀다.

나운상도 함께 가겠다고 나섰는데 독고비만 데려가는 것이 편애하는 것 같은 느낌을 줄 수도 있는 것이다.

독고비가 쌍봉선을 몰래 빠져나와 기개세를 뒤따라온 것은 그런 그의 마음을 읽었기 때문이다.

기개세는 만약 지옥잔별이 제남성에 있는 것이 분명하다면 염섭이 반드시 찾아낼 것이라고 생각했다.

지옥잔별은 한두 명도 아니고 수십 명도 아닌 무려 천 명이나 된다.

제남성이 아무리 크고 번화한 성이지만 그렇게 많은 인물이 어딘가에 웅크리고 있다면, 그리고 그들을 찾는 것이 천라대라면 찾아내는 것은 그리 어렵지 않을 것이다.

[제남성은 면적으로는 중원에서 가장 큰 성 중에 한 곳일 거예요. 그러므로 지옥잔별을 찾아내는 일은 어쩌면 그리 쉽

지 않을지도 몰라요.]

기개세가 술 한잔을 마시자 독고비는 안주를 집어 그의 입에 넣어주며 심어를 발했다.

[또한 천첩은 지옥잔별 천 명이 한꺼번에 한군데에 모여 있지는 않을 것이라고 생각해요.]

만약 지옥잔별이 여기저기 뿔뿔이 흩어져 있다면 찾는 데 애를 먹을 수도 있다.

반면에 찾게 되면 흩어져 있기 때문에 상대하기가 손쉽다는 장점도 있다.

[그럴 수도 있고 아닐 수도 있어요.]

아미가 술잔을 들어 혀끝에 살짝 대보고는 초승달 같은 눈썹을 살짝 찌푸리며 반론을 제기했다. 대화를 할 때 그녀가 입을 여는 경우는 드물다.

[이곳은 삼황사벌의 점령지이기 때문에 그들은 구태여 조심하지 않을는지도 몰라요. 말하자면 이곳은 후방인 셈이죠. 뭐가 두려워서 뿔뿔이 흩어놓겠어요? 우리 같으면 그러겠어요?]

참고로 아미는 술을 마시지 못한다. 중원에 나온 이후 술을 마셔보려고 여러 차례 시도했으나 번번이 실패했고, 지금도 계속 술잔을 만지작거리고는 있지만 혀끝만 대보는 것으로 그치고 있다.

[그럴 수도 있겠군요.]

　독고비는 아미의 말을 인정하고는 입을 다물고 그때부터 묵묵히 술을 마시면서 기개세의 빈 잔에 술을 따르고 그의 입에 안주를 넣어주기만 했다.

　한참 만에 기개세가 입 안의 안주를 우물우물 씹으면서 심어를 발했다.

　[비야 말대로 놈들이 흩어져 있으면 찾는 것은 어렵지만 만약 찾게 되면 우리에게 더 유리하겠는데 말이야.]

　[그렇겠죠?]

　독고비가 맞장구를 치고 나서 다시 침묵이 흘렀다.

　"후아!"

　그런데 갑자기 아미가 이상한 탄성을 터뜨렸다. 심어가 아닌 육성이다.

　기개세와 독고비가 쳐다보니 그녀는 오만상을 쓰면서 입을 벌리고 뜨거운 숨결을 토해내고 있었다.

　그리고 아미의 손에는 술잔이 쥐어져 있는데 빈 잔이다. 술을 마셔 버린 것이다.

　아미는 아름다운 얼굴을 찡그리며 혀를 내밀어 휘둘렀다.

　[아유, 술이 이렇게 독할 줄은 몰랐어요.]

　기개세는 빙그레 미소·지으면서 술 한잔을 더 따라주었고, 독고비는 그녀의 모습이 하도 귀여워서 웃음이 나려는 것을 겨우 참았다.

[저깁니다.]

염섭은 한 채의 장원을 가리키며 전음으로 공손히 말했다. 겉보기에는 일반 장원하고 별로 다르지 않았다.

기개세와 아미, 독고비, 그리고 염섭은 거리의 어느 골목 어귀 안쪽에 모습을 감추고 있다.

그들이 있는 곳으로부터 칠십여 장쯤 멀찍이 떨어진 곳 거리 맞은편에 장원이 위치해 있었다.

풍림각에서 술을 마시면서 기다리고 있는 기개세 일행을 염섭은 그리 오래 기다리게 하지 않았다.

그는 나간 지 한 시진 반 만에 돌아왔다. 그리고는 즉시 기개세 일행을 데리고 이곳으로 온 것이다.

골목 어귀의 한쪽 맨 아래에 독고비가 쪼그려 앉은 자세고, 그 위에 아미가 상체를 굽힌 채이며, 그 위에 기개세가 우뚝 서서 얼굴을 살짝 내밀고 세 사람이 똑같이 장원을 살펴보고 있다.

염섭은 골목 어귀 기개세 일행이 있는 맞은편에서 한쪽 눈만으로 장원을 주시하며 전음을 이었다.

[저곳에 한 무리가 있고 다른 한 무리는 성의 북문인 양길문(良吉門) 밖 제남울군둔(濟南亐軍屯)에 있습니다.]

[분명하냐?]

기개세가 장원에서 시선을 떼지 않고 물었다. 그의 눈에 장원 전문 위 현판에 조자원(朝慈院)이라는 글씨가 선명하게 보였다.

[제남성에 지옥잔별이 있는 것이 확실하다면 저곳과 제남 울군둔 두 군데에 있는 것이 분명합니다.]

염섭이 확신에 차서 대답했다.

[어째서 그렇게 확신하느냐?]

[저곳에 있는 자들과 양길문 밖 제남울군둔에 있는 무리만이 신분이 애매합니다.]

그의 말인즉, 제남성 안팎의 대규모 인원에 대해서는 완전하게 파악이 되는데, 조자원과 제남울군둔에 있는 자들에 대해서만은 알 수 없으니 그들이 지옥잔별이 분명하다는 것이다. 자신들의 정보망에 대해서 대단한 자부심을 지니고 있는 것이다.

사실 제남성 인근의 정보에 대해서 총괄하고 있는 염섭은 개방 제남 분타와 긴밀하게 정보를 교환, 공유하고 있다.

천라대 제남 지부인 풍림각이 모르는 것은 개방이 알고 있으며, 그들이 모르는 것은 풍림각이 알고 있다.

둘 다 모르는 것은 존재하지 않는다고 봐도 무방하다. 그것이 그들의 확신이고 자신감이다.

이윽고 기개세는 장원 조자원에서 시선을 거두고 염섭을 보며 명령했다.

[황일교 포구에는 쌍봉선이라는 유람선이 정박해 있다. 내 아내들과 친구들, 그리고 성검백수들이 타고 있으니 너희는

그 주변을 경계하고 있다가 무슨 일이 발생하면 배를 즉시 출항시키도록 하라.]

[천명을 받듭니다.]

염섭은 깊숙이 허리를 굽힌 후에 골목 안쪽으로 쏜살같이 달려가 곧 사라졌다.

기개세는 황일교 포구의 수천 척 배 중에서 어떻게 쌍봉선을 찾을 것인지에 대해서 염섭에게 말해주지 않았으며, 그도 묻지 않았다.

염섭이 포구에 쌍봉선이 있다는 사실을 몰랐을 때에는 찾을 수 없지만, 알고 난 후에야 쌍봉선을 찾는 것은 문제도 아니라는 것이다.

第百十二章

쥐도 새도 모르게

싸움에서 '급습(急襲)' 만큼 유리한 것은 찾기 어렵다.

이쪽에서는 살의(殺意)를 품고 움직이는데, 적은 그런 사실을 까맣게 모르고 있다는 것이다. 그것은 눈을 가리고 싸우는 것만큼이나 불리하기 짝이 없다.

또한 이것은 누군가를 찾아내서 꼭 그자만 죽여야 하는 것이 아니다.

지옥잔별 고수, 즉 '지옥잔(地獄殘)' 이라고 여겨지는 인물이면 그대로 죽이면 된다.

현재로선 그것이 기개세 일행에게 주어진 유일한 유리한 점이다. 여하히 그것을 최대한 이용하는 것이 이 급습의 관건이다.

　단, 기개세 일행이 주의해야 할 것은, 최대한 많은 적을 죽이고 흔적없이 빠져나와야 하기 때문에 쥐도 새도 모르게 살인을 해야 한다는 사실이다.

　기개세는 아미와 독고비를 밖에 놔두고 혼자서 조자원에 잠입하여 일각에 걸쳐서 내부를 살폈다.

　조자원 내에는 경계를 서는 자가 한 명도 없었다. 너무 경계가 허술해서 혹시 이곳에 지옥잔별이 없는 것이 아닌가 하는 의심마저 들었다.

　그러나 기개세는 염섭의 확신을 믿었다. 그리고 그는 조자원 내를 살피면서 지옥잔으로 보이는 자들이 전각 안에 있는 것을 발견했다.

　지옥잔들은 제남성이 싸움이라곤 전혀 없는 최후방이고, 또한 자신들이 워낙 고강한데다 수백 명이 무리 지어서 있기 때문에 설사 누군가 습격을 하더라도 물리칠 수 있다고 지나치게 과신하고 있는 것 같았다.

　아미와 독고비가 기다리고 있는 곳으로 돌아온 기개세는 그녀들에게 조자원 내부에 대해서, 그리고 지옥잔이라고 의심되는 자들이 묵고 있는 전각에 대해서 자세히 설명했다.

　또한 어떤 방법으로 지옥잔들을 죽일 것인지에 대해서 설명했다.

특히 독고비에게 절대 자신의 곁에서 멀리 떨어지지 말라고 당부했다.

기개세는 조자원으로 향하기 전에 아미와 독고비에게 마지막으로 한마디를 했다.

[낙양과 개봉을 잊지 마라.]

조자원은 밖에서 보는 것과는 달리 안은 꽤 넓었으며 전각도 많았다.

단지 이층 이상의 높은 전각이 없다는 사실이 특이할 뿐, 열다섯 채의 제법 큰 전각들이 질서있게, 그리고 정원과 인공호수, 작은 가산 사이에 고르게 배치되어 있다.

자정이 넘어서 지옥잔들이 잠자리에 들었을 때가 급습하기에는 가장 적당한 시기다.

하지만 그러자면 한 시진 이상을 더 기다려야만 하기 때문에 기개세는 그냥 결행하기로 했다.

삼십 채의 전각 중에 약간 외곽에 치우쳐 있는 허름한 세 채에는 숙수나 하인, 하녀들이 기거하고 있다.

또한 중앙의 이층 전각 두 채는 연공실과 수련장이다. 그리고 나머지 전각들에 지옥잔들이 기거하고 있다. 즉, 숙소다. 그 전각들의 수는 열 채다.

기개세는 조자원의 북쪽 인공 호수 옆에 좀 떨어져 있는 전각을 첫 번째 대상으로 정했다.

지옥잔을 죽이다 보면 요령이 생길 테고, 더 빠르고도 많이 죽일 수 있는 방법을 체득하게 될 것이다.

원래 조자원은 경계를 서거나 순찰을 도는 자가 없었으므로 기개세 일행이 대상으로 정한 전각까지 가는 데에는 아무런 제재를 받지 않았다.

설사 경계나 순찰이 삼엄했다고 해도 기개세 일행의 잠입을 발견하지는 못할 터이다.

현재 시각은 해시(亥時:밤10시)다. 앞으로 한 시진만 지나면 자정이 된다.

그때는 지금보다 지옥잔을 죽이는 것이 손쉬울 것이라는 게 기개세의 생각이다.

추호의 기척도 없이 세 사람은 목표로 삼은 전각 안으로 잠입했다.

잠입이라기보다는 전각 입구를 지키는 자가 없어서 버젓이 입구를 통해서 들어갔다.

이 전각은 단층이지만 규모가 크다. 입구를 들어서면 좌우와 전면에 각 하나씩의 복도가 있으며, 각 복도 좌우에 삼사 장 간격으로 방들이 늘어서 있다.

기개세는 왼쪽 첫 번째 복도로 꺾어들어 맨 첫 번째 방 앞에 멈춰 섰다. 미리 정해놓은 것이 아니라 지금 무작위로 결정을 했다.

그는 문 앞에 서는 순간 방 안에 다섯 명이 있으며 그들이 각각 어느 방향에 있는지도 이미 간파했다. 숨소리만 들으면 알 수 있는 일이다.

슥.

기개세가 끄덕이자 독고비가 문을 열어주었다.

문이 채 반도 열리기 전에 기개세와 아미가 그림자처럼 스며들어 갔고, 그 뒤를 독고비가 따랐다.

세 사람이 방 안으로 들어간 것은 눈 한 번 깜빡이는 것보다 더 빠른 순간이다.

벽을 투시하지 못하는 한 실내가 얼마 크기인지 밖에서는 알 수가 없다.

의외로 실내는 꽤 넓었다. 더구나 오른쪽으로 꺾어지는 통로가 있으며 그 안쪽에 하나의 공간이 더 있었으나 이쪽에서는 보이지 않는다.

문을 열자마자 나타난 공간에 두 명이 보였다. 그렇다면 안쪽 공간에 세 명이 있을 것이다.

기개세 일행이 느닷없이 들이닥치자 탁자에 마주 앉아서 술잔을 기울이고 있던 두 명의 흑의단삼인이 힐끗 그들을 쳐다보았다.

놀라지는 않았다. 원래 강한 자들은 웬만한 일에는 별로 놀라지 않는 법이다.

그러나 기개세는 그들을 내버려 두고 오른쪽으로 꺾어진 통로로 쏜살같이 접어들었다.

아미와 독고비는 탁자에 앉아 있는 두 명이 어떤 반응을 보이기도 전에 곧장 쏘아갔다.

쏘아갔다고 해봤자 문이 열린 다음 순간에 이미 두 명의 코앞까지 들이닥쳐 있었다.

두 명의 흑의단삼인, 즉 지옥잔은 무기도 휴대하지 않았다. 자신들의 거처 안에서까지 무기를 지니고 있을 정도는 아니기 때문이다.

후우…….

아미는 호신막을 일으켜서 자신과 독고비, 그리고 두 명의 지옥잔 주위를 뒤덮는 것과 동시에 손목을 슬쩍 저었다.

같은 순간에 독고비는 검을 뽑아 왼쪽의 지옥잔을 향해 번개같이 떨쳤다.

그제야 두 명의 지옥잔 얼굴에 움찔하는 놀라움이 떠올랐으나 이미 때는 늦었다.

팍! 칵!

각기 다른 두 개의 미세한 음향이 터졌다.

하나는 아미가 발출한 가느다란 천신기혼이 한 명의 지옥잔의 미간을 관통한 것이고, 또 하나는 독고비가 발출한 검기가 다른 한 명의 지옥잔의 목에 구멍을 내는 소리다.

아무리 작은 소리라고 해도 이 정도의 소리라면, 그리고 지옥잔 정도 고수라면 전각 안에 있는 자들은 다 들을 수 있을 것이다.

그래서 아미가 호신막을 일으켜서 소리가 새어나가는 것을 미리 방지한 것이다.

아미가 두 명을 다 처치할 수 있지만 독고비가 거드는 것이 한결 더 빠르다.

급습은 속도가 관건이다. 얼마나 빠르냐 하는 것이 성패를 좌우한다.

아미와 독고비가 두 명의 지옥잔을 죽이고 돌아서자 안쪽 공간으로 쏘아갔던 기개세가 어느새 돌아오고 있는 것이 보였다.

그는 안쪽에 있던 세 명의 지옥잔을 순식간에 죽이고 나오는 길이다.

역시 호신막으로 소리가 새어 나가는 것을 막았으므로 이 방에 있던 다섯 명이 찰나지간에 죽었다는 사실을 아는 사람은 기개세 일행뿐이다.

기개세 일행은 첫 번째 방을 빠져나와 즉시 두 번째 방의 문을 열고 스며들었다.

그들이 첫 번째 방에 들어갔다가 나와서 다시 두 번째 방문을 열기까지 소요된 시간은 고작 두 번 호흡을 할 정도로 짧았다.

두 번째 방도 첫 번째 방과 같은 구조다. 문을 열고 들어가자마자 세 명의 지옥잔이 눈에 띄었다.

큰방의 삼면에는 세 개의 휘장이 쳐져 있고 그 안에 침상이 눈에 띄었다.

한 명은 침상에 누워 있는 것으로 미루어 자고 있는 듯했으며, 또 한 명은 휘장 안쪽에서 자려는 듯 옷을 벗고 있었고, 또 한 명은 탁자 앞에 앉아서 책을 읽고 있었다.

한 방에 다섯 명씩 기거한다면 안쪽 공간에는 두 명이 있다는 뜻이다.

기개세 일행은 누가 어떤 놈을 처치할 것인지 미리 정하지도 않았다.

하지만 그는 안쪽으로 향하는 통로 쪽에 가까이 있는 휘장 안에서 옷을 벗고 있는 자를 향해 쏘아갔다.

아미가 탁자에서 책을 읽는 자를 향해 쏘아가자 독고비는 자고 있는 자를 공격해 갔다.

이제 겨우 두 번째 방을 공격하고 있을 뿐인데, 이들은 벌써 작은 요령을 터득하기 시작했다.

누가 누구를 죽일 것인지 정하지 않아도 상황에 따라서 자연스럽게 결정되는 요령이다.

책을 읽고 있는 자와 옷을 벗고 있는 자가 거의 동시에 문 쪽을 쳐다보았다.

하지만 그때는 이미 아미와 독고비가 반 장까지 쇄도하고 있는 중이다.

반면에 자고 있던 자는 머리맡에 놓아둔 한 자루 검을 움켜쥐고 상체를 일으키고 있었다.

자고 있던 자가 가장 빠른 반응을 보인 것은 몸에 배어 있는 고도로 발달된 반사신경 때문이다.

깨어 있는 자는 이곳이 어디며 지금이 어떤 상황이라는 것, 즉 편안한 상황이라는 사실을 인지하고 있기 때문에 별다른 반응을 보이지 않는다.

하지만 자고 있는 동안에는 인지 능력이 전혀 없고 대신 평소에 갈고닦은 반사신경이 빛을 발할 때다.

기개세와 아미가 동시에 호신막을 일으켜 방 전체를 뒤덮었고, 거의 같은 순간에 세 명의 지옥잔이 이승을 하직했다.

책을 손에 쥔 채, 옷을 반쯤 벗다가, 그리고 머리맡의 검을 쥐고 상체를 일으키는 중에 당했다.

아미와 독고비가 쓰러지는 지옥잔들을 힐끗 한차례 보고 나서 문 쪽으로 가고 있을 때, 기개세는 안쪽 공간에 가서 지옥잔 두 명을 죽이고 돌아오고 있었다.

이로써 두 번째 방까지 열 명의 지옥잔을 제거했다. 이런 식이라면 순조롭게 조자원의 지옥잔을 몰살시킬 수 있을 것 같았다.

자정이 지나 축시(丑時:새벽2시)가 돼가고 있는 시각이다.

기개세 일행은 세 번째 전각을 나와서 네 번째 전각으로 가고 있는 중이다.

예상했던 것보다 너무 늦어지고 있다. 난관 때문이 아니라 전각 한 채에 방이 너무 많아서 일일이.다 들어가고 나오는 데 시간을 잡아먹고 있기 때문이다.

전각 한 채에는 방이 열 개나 있다. 그러니까 전각 세 채면 삼십 개다.

그곳들을 일일이 다 들락거렸으니까 시간이 걸릴 수밖에 없는 것이다.

방 하나에는 정확하게 다섯 명씩 기거하고 있었다. 수가 모자라거나 넘치지도 않고, 밖에 나가거나 다른 방의 지옥잔이 놀러 와 있는 경우도 없었다.

그렇다면 기개세 일행은 전각 세 채에 삼십 개의 방을 거쳤으니까 현재까지 도합 백오십 명의 지옥잔을 죽였다.

이곳 조자원에 얼마나 많은 지옥잔이 기거하고 있는지 정확하게는 모르지만, 대략 절반인 오백 명쯤 있을 것이라고 짐작하고 있다.

백오십 명을 죽이는 데 두 시진이 걸렸으면, 앞으로 남은 삼백오십 명을 죽이려면 네 시진 반이나 소요될 것이라는 애기가 된다.

지금은 초겨울이니까 일출이 늦는다고 해도 두 시진 반 후면 날이 밝을 것이다.

그렇게 되면 모두 잠에서 깨어 밖으로 나올 테고, 습격은 그것으로 끝낼 수밖에 없게 된다.

지옥잔들은 이곳에만 있는 것이 아니다. 영길문 밖 제남울군둔에도 있지 않은가.

이곳은 물론 제남울군둔까지 급습하려고 계획한 기개세는 마음이 답답해졌다.

하지만 지금으로선 달리 방법이 없다. 방 하나에 열 명 정도 있으면 딱 좋은데, 흩어져 있어도 너무 흩어져 있는 것이 지금은 성가시게 되었다.

어쨌든 최대한 빠르게 진행하는 수밖에 없다. 날이 밝기 전에 지옥잔들을 최대한 많이 죽여야만 한다.

[울군사의 검문입니다.]

천라고수 한 명이 염섭에게 전음으로 빠르게 보고했다.

그가 말하기 전에 염섭은 포구 끝 쪽을 주시하고 있었기 때문에 그쪽에서 울군사들이 포구에 정박한 배들을 일일이 검문하면서 다가오고 있는 광경을 지켜보고 있는 중이다.

염섭은 기개세의 명령을 듣는 즉시 이곳으로 달려와서 쌍봉선을 호위하고 있었다.

울군사들이 검문을 하는 것은 그다지 드문 경우가 아니다. 포구의 배들을 정기적으로 검문하는 날짜나 시각이 딱히 정해져 있는 것은 아니지만, 아무 때나 불시에 검문을 할 때가 가끔 있긴 했다.

그렇지만 그런 일이 하필이면 오늘 밤에 생기다니, 염섭은 못마땅한 듯한 시선으로 검문을 하고 있는 울군사들을 쳐다보았다.

염섭이 살펴보니 오늘 밤의 검문은 여느 때와는 조금 다른 것 같았다.

평소에는 대충대충 했는데 오늘 밤은 울군사들이 배에 올라가서 곳곳을 샅샅이 뒤지며 살피고 있었다.

그러고 보니까 오늘 밤은 울군사의 수가 꽤 많았다. 대충 세어봐도 백여 명은 되는 듯했다.

'무슨 정보를 입수한 것인가?'

염섭은 문득 그런 생각이 들었으나 곧 고개를 가로저었다. 태문주께서 이곳에 오는 것은 염섭 자신도 몰랐던 일인데 새어나갔을 리가 없다.

아무튼 무슨 조치를 취해야만 할 것 같았다. 울군사들이 쌍봉선에 올라가서 샅샅이 뒤진다면 무슨 건더기라도 발견하게 되는지 모르는 일이다.

[내가 가겠다. 너희는 이곳을 지켜라.]

염섭은 두 명의 수하에게 은신처를 지키라 이르고 즉시 쌍봉선으로 쏘아갔다.

"그래?"

염섭의 보고를 받은 나운상은 표정이 굳어졌다. 그녀뿐만 아니라 함께 모여 있는 소옥군과 소랑, 그리고 손진을 제외한 사대명왕도 안색이 변했다.

나운상은 시립하고 있는 염섭에게 물었다.

"네가 보기에는 이런 상황에서 우리가 어떻게 하는 것이 좋겠느냐?"

염섭은 어려워서 감히 고개조차 들지 못했다. 자신의 면전에는 태문주의 세 명의 부인과 태문주의 친구들인 사대명왕이 늘어서 있다.

더구나 나운상은 천라대주인 나신효의 여동생이며 천검사영의 일인이니 더욱 하늘 같은 존재다.

"일단 조용히 강 쪽으로 빠져나가셨다가 검문이 끝난 후에 다시 돌아오시는 것이 좋을 듯합니다."

나운상은 소옥군을 바라보았다. 기개세가 없는 지금은 그녀가 이곳의 명령권자이다.

"어떻게 하시겠어요?"

소옥군은 잠시 생각하는 듯하다가 끄덕였다.

"그렇게 하는 게 좋겠어."

스으으.

쌍봉선이 정박되어 있던 자리에서 뒷걸음질을 치듯이 소리없이 물러나기 시작했다.

돛을 하나도 펴지 않은 상태에서 노련한 뱃사람들이 노를 젓는 것만으로 거대한 쌍봉선이 천천히 움직이고 있다.

검문을 하고 있는 울군사들은 아직 먼 곳에 있기 때문에 어둠 속에서 쌍봉선이 포구를 빠져나가는 것을 전혀 눈치채지 못했다.

포구에서 강이 본격적으로 시작되는 곳까지는 삼백여 장 정도의 꽤 먼 거리다.

그리고 그곳은 술병의 주둥이처럼 좁다. 말하자면 포구는 항아리 아래 부분처럼 넓고 강으로 향하는 길목은 술병의 주둥이 같다는 뜻이다.

소옥군 등은 쌍봉선의 뒤쪽 갑판에 모여서서 멀어지는 포구 너머의 제남성 쪽을 바라보았다.

축시가 지나고 있는 시각이었으므로 불야성을 이루던 제남성도 어둠과 고요 속에 묻혀 있었다.

소옥군 등은 제남성을 바라보면서 기개세 등이 부디 무사히 귀환하도록 말없는 가운데 기원했다.

"멈춰라!"

그때 쌍봉선의 앞쪽에서 쩌렁한 고함 소리가 들렸다. 그 소리는 너무 커서 고요한 포구 일대를 울렸다.

소옥군 등은 일제히 쌍봉선의 앞쪽으로 달려갔다.

그녀들은 이제는 강을 향해서 제대로 느릿하게 수면을 미끄러져 가고 있는 쌍봉선 앞쪽을 가로막고 있는 소형선 한 척을 발견했다.

소형선에는 울군사 열 명이 타고 있었으며, 쌍봉선을 향해 멈추라고 소리치면서 손짓하고 있었다.

현재 성검백수들은 모두 선창의 맨 아래층에서 휴식을 취하고 있는 중이다.

아래층은 양쪽에 반 장가량 틈의 격벽(隔壁)이 설치되어 있기 때문에 유사시에는 성검백수들이 그 안으로 들어가서 숨으면 검문 정도는 피할 수 있다.

그러나 문제는 쌍봉선이 포구에서의 검문을 피해서 강으로 가다가 소형선에 발각됐다는 사실이다.

만약 고분고분하게 따른다면 포구로 끌려가서 다른 배들보다 더 철저하게 검문과 검색을 당하게 될 것이다.

[해치워요.]

생각과 결정을 빠를수록 좋다. 소옥군은 누구에게랄 것 없이 짧게 전음으로 명령했다.

나운상이 사대명왕에게 눈짓을 보냈다. 이어서 그들은 난간가로 빠르게 다가갔다.

아니, 다가가는가 싶더니 어느새 번쩍 허공으로 숫구쳤다.

슈욱! 쉬익!

소형선에 타고 있던 열 명의 울군사는 쌍봉선에서 떠오른 다섯 명을 보고 놀라는 표정을 지었다.

그러나 그들이 어떤 반응을 보이기도 전에 나운상을 비롯한 다섯 명은 유성처럼 내리꽂히며 검을 휘둘렀다.

파아아—

열 명의 울군사는 비명은커녕 신음조차 흘리지 못한 채 찰나지간에 저승으로 떠났다.

처처척!

나운상과 사대명왕은 아무 일도 없었다는 듯 다시 쌍봉선 갑판으로 돌아와 내려섰다.

나운상이 소형선을 가리키면서 사대명왕의 오통에게 말했다.

"저 배를 끌고 쌍봉선을 따라오다가 적당한 곳에서 가라앉혀 버리세요."

간시(艮時:새벽3시).

기개세 일행은 다섯 번째 전각을 나왔다.

지금까지 도합 이백오십 명의 지옥잔을 죽였다. 조자원에 기거하고 있는 전체 지옥잔의 절반이다.

두 시진 반 만에 그 정도의 성과를 거둔 것은 정말 대단한 일이다.

만약 잠입해서 따로따로 죽이지 않고 이백오십 명과 기개세 일행 세 명이 한꺼번에 싸움이 붙었다면, 그 결과는 예측하기 어려울 것이다. 물론 낭패를 당하는 것은 기개세 쪽이 되겠지만 말이다.

하지만 그는 조금도 만족하지 않았다. 오히려 시간이 너무 빨리 가는 것과 지옥잔들을 죽이는 속도가 너무 느린 것이 안타까울 뿐이다.

그렇다고 남아 있는 이백오십 명 모두를 깨워서 한꺼번에 상대하는 것은 여전히 무리다.

'방법이 전혀 없는 것인가?'

기개세는 여섯 번째 전각으로 쏘아가며 내심 궁리했다.

수단이나 방법은 아무래도 상관이 없다. 그는 무슨 수를 써서라도 일단 표적으로 삼은 지옥잔별을 깡그리 몰살시키고 싶을 뿐이다.

한 가지 방법이 있기는 하다. 하지만 그렇게 하면 독고비가 위험하다.

[해요!]

그런데 기개세를 뒤따라 쏘아가던 독고비가 그의 생각을 읽자마자 즉시 심어를 발했다.

기개세는 멈추는 대신 속도를 약간 늦추었다. 그러자 아미와 독고비가 그의 좌우에서 나란히 달렸다.

[위험해.]

[위험해도 그렇게 해야만 해요. 이러다간 날이 새기 전에 이들을 다 죽이지 못할 거예요. 제남울군둔도 있는데 이렇게 질질 끌다가 어떻게 하죠?]

그녀의 말이 맞다.

아미가 방그레 미소 지으며 기개세의 팔을 가볍게 잡았다.

[문주, 소녀가 그녀를 잘 보호할 테니 염려 마세요.]

[그러도록 해요. 천첩은 아미 언니 곁에만 죽어라고 붙어

다닐 게요.]

기개세는 아미를 바라보다가 끄덕였다.

[알았다. 비야를 부탁한다.]

이어서 그는 방향을 바꾸어 다른 방향의 전각을 향해 빛처럼 쏘아갔다.

아미와 독고비는 목표로 삼았던 여섯 번째 전각을 향해 계속 쏘아갔다.

기개세의 계획이란, 세 사람이 둘로 갈라져서 전각 하나씩을 맡아 지옥잔을 죽이자는 것이다.

한 명의 흑포인이 전각 모퉁이를 돌아서 걷고 있다.

하지만 그는 발자국 소리는커녕 어떠한 기척도 내지 않았다.

조자원 내에서는 구태여 조심할 필요가 없는데도 그는 몸에 밴 습관 때문에 언제나 기척을 내지 않고 다닌다.

그리고 그는 긴장감을 좋아한다. 하지만 중원에 들어온 지이 년이 돼가도록 그를 긴장하게 만드는 일은 한 번도 일어나지 않았다.

그는 자정이 넘은 시각에 조자원 내를 한 바퀴 도는 일을 매일 하고 있다.

딱히 경계를 하기 위해서가 아니다. 산책을 겸해서 그저 장원 내를 돌아다니다가 거처로 돌아가서 잠을 청하는 것이 습관처럼 돼버렸다.

굳이 이유를 대라면 무료함 때문일 것이다. 중원에 들어온 이후 적과의 싸움이 단 한차례도 없었던 것이 무료함을 자꾸만 크게 키웠다.

신삼별조는 태자 이반의 직속 조직이다. 오로지 그의 명령에만 움직인다.

그런데 삼황사벌이 중원을 침공하여 신삼별조가 한 번도 출동하지 않은 상태에서 중원 정벌이 끝나 버렸다. 신삼별조가 나설 만한 상대가 없었던 것이다.

아무리 막강한 조직이라고 해도 싸우지 않는다면 허수아비나 다름이 없다는 것이 그의 지론이다.

그래서 그는 자신과 천 명의 수하가 허수아비가 돼버린 듯한 기분을 떨쳐 버릴 수가 없다.

“……!”

그때 문득 그는 걸음을 멈추고 왼쪽을 쳐다보았다. 그는 전각을 따라서 걷다가 문득 이상한 생각이 들어서 어느 창 앞에서 멈춘 것이다.

지금 그가 쳐다보고 있는 창 안에는 원래대로라면 다섯 명의 수하가 자고 있어야 한다.

그런데 어찌 된 일인지 숨소리가 전혀 들리지 않는다. 다섯 명이 아니라 한 명의 숨소리도 들리지 않고 있다.

흑포인, 지옥잔별주는 피가 싸늘하게 식는 것을 생생하게 느꼈다.

그리고 그가 좋아하는 긴장감이 물씬 솟구쳤다. 그것은 핏빛 긴장감이다.

척!

전각으로 쏘아 들어간 지옥잔별주는 문을 열고 방 안으로 들어갔다.

"……!"

바닥에 쓰러져 있는 두 수하의 모습이 파도가 쏟아져 오듯이 그의 시야로 빨려들어 왔다.

철퇴로 뒤통수를 호되게 얻어맞은 듯한 충격이 밀려왔다.

잠깐 멈칫했던 그는 통로 안쪽의 공간으로 쏘아 들어갔다. 그곳에는 세 구의 시체가 아무렇게나 쓰러져 있었다.

'습격이다!'

자신도 모르게 온몸이 팽팽한 긴장감으로 가득 찼다.

그는 급히 죽은 수하들의 시체를 살펴보다가 안색이 차돌처럼 굳어졌다.

세 구의 시체는 한결같이 미간에 콩알 반쪽만 한 작은 구멍이 뚫려서 즉사했다.

그런데 피는 한 방울도 흘러나오지 않았다. 그것은 암습자가 강기를 전개했다는 것을 뜻한다.

지옥잔별주 자신도 강기를 전개할 수는 있다. 하지만 지금 눈으로 보고 있는 것처럼 완벽하리만치 깨끗한 수법은 흉내조차 내지 못한다.

그는 엄청난 초절고수가 조자원에 잠입하여 쥐도 새도 모르게 수하들을 죽이고 있다고 추측했다.

그는 긴장감을 좋아하지만, 지금 그의 온몸과 정신을 지배하고 있는 것은 긴장감 정도가 아니라 당장에라도 터질 듯한 투지다.

그는 급히 다시 원래의 방으로 돌아와서 그곳의 시체 두 구를 살펴보았다.

한 구는 강기에 의해서 미간이 관통되었고, 다른 한 구는 검기에 의해 목에 구멍이 뚫렸다.

강기에 관통된 구멍은 콩알 정도 크기다. 안쪽에서 세 명을 죽인 강기보다는 구멍이 크다. 그것은 무위가 조금 약하다는 것을 말한다.

그리고 검기를 사용한 자는 그보다 더 약하다. 그렇다고 해도 최소한 지옥잔별주 정도의 수준이다.

강기를 사용한 두 명은 초절고수다. 그리고 검기를 사용한 자는 절정고수다.

긴장감에 은근히 두려움이 더해졌다. 하지만 기분을 좋게 만드는 두려움이다.

'놈들은 귀신처럼 잠입해서 수하들을 급습했다. 아니, 어쩌면 지금도 수하들을 죽이고 있을 것이다.'

거기까지 생각하던 그는 문득 의구심이 생겼다.

'만약 모두 죽이고 이미 이곳을 떠나갔다면?

그는 마음이 급해졌다. 상대가 누군지는 모르지만, 반드시 찾아내서 죽여야만 한다.

수하들을 죽인 복수도 복수지만, 그런 초강자를 만나는 것은 평생에 한 번 있을까 말까 한 일이다.

第百十三章

함정(陷穽)

대사부

"놈들이 바짝 따라붙었어요."

유정이 빠른 어조로 보고했다.

쌍봉선의 후갑판으로 달려간 소옥군과 나운상 등은 쌍봉선 후미 십오륙 장까지 추격해 오고 있는 세 척의 소형선을 바라보았다.

아까 황일교포구에서 강으로 나올 때 울제국 소형선에게 제지를 당하는 바람에 그 배에 타고 있던 울군사 십여 명을 모조리 죽여서 강에 버리고 소형선을 구멍을 뚫어서 가라앉혔었다.

그리고는 그것으로 끝났다고 여기고 하류 쪽으로 몇백 장가량 내려왔다.

그곳에서 시간을 보내다가 검문이 끝난 후에 포구로 슬며시 돌아갈 생각이었다.

그런데 느닷없이 어둠 속에서 소형선 세 척이 나타나 쌍봉선을 추격하기 시작한 것이다.

처음는 추격이 아닐 것이라고 생각했다. 그저 스쳐 지나갈 것이라고 여겼었다.

하지만 그것은 안일한 판단 착오였다. 세 척의 소형선은 비단 스쳐 지나가지 않을 뿐 아니라 쌍봉선 후미를 똑바로 추격하고 있는 것이다.

"앞선 유람선은 즉시 멈춰라!"

그때 십여 장까지 거리를 좁힌 소형선에서 울군사들이 우렁차게 외쳤다.

이제는 소형선 세 척이 쌍봉선을 추격한다는 사실이 분명해졌다. 요행은 없다.

"조금만 더 가까이 접근하면 해치워요."

나운상이 소형선들을 쏘아보며 중얼거렸다.

"나하고 사대명왕이면 충분해요."

세 척의 소형선이라고 해봐야 울군사 삼십여 명 정도가 타고 있을 것이다.

그 정도면 나운상 혼자서도 눈감고 해치울 수 있다. 하지만 방심은 금물이다. 확실하게 처치하는 것이 좋다.

그 순간이다.

파아아!

소형선 세 척 중에 맨 뒤쪽의 소형선에서 갑자기 새파란 불길이 밤하늘로 치솟았다.

쌍봉선의 사람들은 너무 갑작스러운 일이라서 움찔하는 표정으로 그것을 망연히 바라보기만 했다.

아니, 그것이 뭔지 알았다고 해도 쏘아 오르고 있는 불길을 어떻게 할 방법이 없다.

새파란 불길이 수면에서 오륙 장쯤 솟구쳤을 때에야 쌍봉선의 사람들은 비로소 그것이 연화신호탄(煙火信號彈)이라는 사실을 깨달았다.

퍼엉!

쌍봉선 사람들이 당황하고 있을 때 연화신호탄은 무려 삼십여 장 높이로 솟구쳤다가 터지면서 두 호흡 이상 동안 환한 불꽃을 밝혔다.

저 정도 밝기라면 최소한 이삼십 리 밖에서도 똑똑하게 보일 것이다.

타앗!

순간 누가 먼저랄 것도 없이 나운상과 사대명왕이 갑판을 박차고 소형선들을 향해 쏘아갔다.

뒤이어 세 척의 소형선에서 어지러운 파공성과 답답한 신음성이 와르르 쏟아져 나왔다.

쉬쉬쉭! 쐐액! 팍!

"흐윽!"

"캑!"

잠시 후에 나운상과 사대명왕은 쌍봉선 후갑판으로 되돌아왔지만 아무도 입을 열지 않았다.

연화신호탄을 발견한 울고수와 울군사들이 벌 떼처럼 몰려들 것이라는 생각을 하면 지금 당장 어떻게 해야 할지 머릿속이 새카매지는 것이 당연했다.

"소저! 전속력으로 이곳을 벗어나는 수밖에 없습니다!"

그때 번뜩 정신을 차린 진운상이 다급히 외쳤다.

'좋아! 이대로 간다면 동 트기 전에 모두 죽이는 것이 가능하다!'

여덟 번째 전각의 지옥잔 삼십 명을 모조리 죽인 기개세는 한줄기 빛처럼 빠르게 전각을 쏘아 나오면서 내심 쾌재를 불렀다.

그는 혼자서 일곱 번째와 여덟 번째 전각의 지옥잔 육십 명을 순조롭게 해치웠다.

그들은 모두 자고 있었기 때문에 죽이는 것은 땅 짚고 헤엄치는 것보다 쉬웠다.

전각을 쏘아 나온 기개세는 재빨리 여섯 번째 전각을 쳐다보았다.

아미와 독고비가 아직 여섯 번째 전각 안에 있을 때 그는 일곱 번째 전각의 지옥잔을 다 죽이고 여덟 번째 전각으로 들어갔었다.

그리 멀지 않은 곳의 여섯 번째 전각에서는 아미와 독고비의 기척이 감지되지 않았다. 그녀들은 아홉 번째 전각으로 간 것이 분명하다.

그렇다면 기개세는 이제 열 번째 전각으로 가면 된다. 그곳은 마지막 전각이다.

즉, 그곳의 삼십 명을 죽이면 조자원에 있는 지옥잔 오백 명을 모두 죽이는 것이 된다.

그가 방금 나온 여덟 번째 전각에서 아홉 번째 전각은 꽤 멀리 떨어져 있다. 더구나 아홉 번째 전각과 열 번째 전각은 더 먼 거리다.

그는 열 번째 전각을 향해 그리 높지 않은 인공 가산을 빙 돌아서 쏘아갔다.

그 인공 가산을 중심으로 하여 왼쪽 삼십여 장 거리에 아홉 번째 전각이 있고, 오른쪽 사십여 장 거리에 열 번째 전각이 있다.

쏘아가면서 기개세는 왼쪽 아홉 번째 전각이 있는 곳을 힐끗 쳐다보았다.

하지만 칠팔 장 높이의 인공 가산이 가로막혀 있어서 아홉 번째 전각은 보이지 않았다.

문득 그쪽으로 귀를 기울여 봤으나 역시 아무런 기척도 감지되지 않는다.

아미가 호신막을 전개하여 지옥잔들을 죽이고 있기 때문에 기척이 감지되지 않는 것이라고 생각했다.

열 번째 전각이 보였다. 아니, 보였다고 여긴 순간 그는 이미 전각 안으로 스며들고 있었다.

추호의 기척도 없이 그는 왼쪽 복도로 꺾어들었다. 첫 번째 전각에서도 왼쪽 복도의 방부터 열었었는데, 그것이 어느새 습관처럼 되어버렸다.

멈칫!

막 첫 번째 방문을 열려던 그는 손을 멈추었다.

'이것은?'

방 안에서 아무런 기척도 감지되지 않는다. 그것은 방 안에 아무도 없다는 뜻이다.

그는 천신기혼을 발휘하여 전각 내에서 발생하는 모든 기척을 끌어당겼다.

그러나 아무것도 들리지 않았다. 전각 안에는 살아 있는 생명체가 하나도 없는 것이다.

뭔가 알 수 없는 불길함이 확 엄습했다.

'발각됐다.'

그런 생각이 드는 순간 그는 자신이 전개할 수 있는 가장 빠른 속도로 전각을 쏘아나가 아홉 번째 전각으로 향했다.

머릿속에는 아미와 독고비에 대한 걱정으로 가득 찼다.

열 번째 전각에 지옥잔이 한 명도 없다는 것은 누군가 죽은 지옥잔들을 발견했다는 사실을 뜻한다.

그래서 그들이 열 번째 전각을 모두 비우고 어딘가에 모여 있다는 것이다.

아마도 기개세가 여덟 번째 전각 안에 있을 때 발각된 것 같다.

그렇다면 그 당시의 아미와 독고비는 아직 여섯 번째 전각 안에 있었을 것이다.

한밤중에 누군가 조자원에 잠입하여 지옥잔들을 쥐도 새도 모르게 죽이고 있다는 사실을 살아남은 지옥잔들이 발견했을 때 가장 먼저 취할 행동이 무엇이겠는가.

정확한 사태 파악일 것이다. 동료들이 얼마나 죽었으며 살아남은 자들은 몇 명인가. 그리고 습격자들이 매우 고강하다는 사실을 알아냈을 것이다.

그렇다면 그다음 행동은 습격자들을 완벽하게 함정에 빠뜨리는 것일 게다. 그렇다면 함정은 아홉 번째 전각일 가능성이 가장 크다.

"……!"

그런데 인공 가산 위를 날아 넘어서 아홉 번째 전각으로 빛처럼 쏘아가던 기개세는 움찔 가볍게 표정이 변했다.

아홉 번째 전각이 감쪽같이 사라져 버린 것이다. 조금 전까

지만 해도 인공 가산 왼쪽 삼십여 장 거리에 분명히 있던 전
각이 불과 대여섯 번 호흡하는 짧은 시간에 사라지다니 있을
수 없는 일이다.

그 대신 그 자리에는 아까까지만 해도 없던 잘 꾸며진 정원
이 자리를 잡고 있었다.

기개세는 예리한 눈빛으로 주위를 빠르게 훑어보면서 순
식간에 정원을 한 바퀴 돌았다.

그러나 어디에도 아홉 번째 전각의 모습은 보이지 않았다.
아예 처음부터 그런 전각은 없었던 것 같았다.

기개세는 정원 바깥쪽에 멈춰 서서 차가운 표정과 눈빛으
로 정원을 쏘아보았다.

그러나 어디에서나 흔히 볼 수 있는 평범한 정원에 불과했
다. 이상한 점은 추호도 없다.

'이곳에 아홉 번째 전각이 있었던 것은 분명하다.'

그는 자신의 눈과 기억을 믿었다. 그렇다면 지금 그가 보고
있는 정원은 환영(幻影)일 가능성이 크다.

'이것이 살아남은 지옥잔들이 파놓은 함정이라면?

그럴 가능성이 크다. 아니, 이 정원은 분명히 함정이다.

'진법(陣法)이로군.'

드디어 그는 그런 결론에 도달했다.

살아남은 지옥잔들, 지옥잔의 우두머리를 비롯한 두 전각
의 육십여 명이 습격자들을 상대하기 위해서 안배한 함정이

진법인 것이다.

진법은 본체는 환영이다. 그렇다면 지금 기개세가 보고 있는 정원은 본래 아홉 번째 전각이고, 지금 그 안에서 아미와 독고비가 지옥잔들에게 협공을 당하고 있을 것이다.

거기까지 생각이 미친 기개세는 즉시 천신심안(天神心眼)을 일으켰다.

그것은 진법은 물론이고 결계나 미혹한 사술과 요술 따위를 꿰뚫어 보는 천족만이 갖고 있는 신비한 여러 능력 가운데 하나다.

물론 천신심안은 능력의 차이가 있지만 기개세는 절정에 도달해 있다.

후우우…….

그가 천신심안을 일으키자 눈앞에서 정원이 빠른 속도로 사라지고 그 대신 원래 있었던 아홉 번째 전각이 모습을 드러내기 시작했다.

그리고 전각 밖 여기저기에서 뚜렷한 기척이 감지됐다. 지옥잔들이다.

제아무리 기척을 감추려고 애써도 기개세의 이목을 피할 수는 없는 일이다.

그 수는 이십 명. 그들은 필경 기개세를 상대하기 위해서 안배되었을 터이다.

그렇다면 지옥잔들은, 아니, 지옥잔별의 우두머리는 습격자가 세 명이라는 사실을 이미 정확하게 판별했다는 뜻이다.

지옥잔 사십 명은 전각 안에서 아미와 독고비를 합공하고, 이십 명은 밖에 은둔하여 기개세를 상대한다.

적절한 분배다. 하지만 지옥잔별 우두머리는 안배를 펼칠 때까지 습격자 세 명 중에 누가 제일 고강하고 누가 약한지를 모르고 있었던 것이 분명하다.

알았더라면 전각 밖에 고작 이십 명만을 은둔시키지는 않았을 것이다.

진법이 걷히자 비로소 전각 안에서의 음향과 기척이 기개세의 귀에 또렷하게 들렸다.

그것들을 취합해 본 결과 현재 아미와 독고비는 협공을 당하고 있으며 매우 위태로운 상황에 처해 있는 중이다. 그녀들의 호흡이 불규칙하고 몹시 거칠다는 것이 증거다.

얼마 전에 제압해서 심문한 수라쾌별의 수라쾌의 말에 의하면, 지옥잔별은 수라쾌별보다 두 배 고강하다고 했다.

낙성검가에서 기개세는 수라쾌 오륙십 명의 합공에 애를 먹었던 일이 있다.

그런데 아미와 독고비는 수라쾌보다 두 배 고강한 지옥잔 사십 명의 협공을 당하고 있다.

그것은 수라쾌 팔십 명에게 협공을 당하고 있는 것이나 다름이 없는 일이다.

그런 상황이라면 기개세라고 해도 매우 고전할 것이다.

신삼별조의 특징은 각각 흩어져 있을 때에는 별것 아니다가도 합공을 펼치면 가공한 위력을 발휘한다는 사실이다.

그들은 합공의 대가들이다. 마치 그물코 하나는 아무짝에 쓸모가 없어도 그것들이 합쳐져서 하나의 그물을 완성하게 되면 큰 위력을 발휘하는 것이나 같다. 그들이 합공을 전개하면 천라지망이 된다.

전각 밖에 은둔해 있는 이십 명의 지옥잔은 꼼짝도 하지 않고 있다.

기개세가 움직이기를 기다리고 있는 듯하다. 그가 전각에 진입하려고 하면 비로소 공격을 개시할 것이다.

물론 합공이다. 이십 명의 지옥잔은 사십 명의 수라쾌의 위력을 발휘하기 때문에 일단 걸려들면 기개세는 당분간 빠져나가지 못할 것이다.

지옥잔별 우두머리는 이십 명의 지옥잔으로 기개세를 제압할 수 있을 것이라고 판단한 것 같지만 그것은 실수다.

하지만 그를 잠시 동안 묶어둘 수는 있다. 그사이에 아미와 독고비는 고전하거나 자칫하면 변을 당할 수도 있다.

'일단 철수다.'

기개세는 지옥잔별 소탕은 이쯤에서 그만두어야겠다고 생각했다.

그보다는 아미와 독고비를 구하는 것이 우선이다. 지옥잔별이 아니라 신삼별조 모두를 괴멸시키더라도 그녀들을 잃는다면 기개세의 실패다.

그는 자신이 움직이지 않는 한 은둔한 이십 명의 지옥잔도 움직이지 않을 것이라는 사실을 간파하고 지니고 있는 모든 천신기혼을 끌어올렸다.

그가 은둔한 이십 명의 지옥잔을 뚫고 전각에 진입한다고 해도 전각 안에서 아미, 독고비와 함께 세 사람이 포위망에 갇히는 것밖에는 달리 방법이 없다.

육십 명의 지옥잔, 즉 백이십 명의 수라쾌의 합공이 기개세 일행 세 명을 어떻게 하지는 못한다.

하지만 포위망에 갇혀 있는 동안에 제남울군둔에 있는 나머지 오백 명의 지옥잔이 몰려온다면 형편은 극도로 악화될 것이다.

그뿐이 아니다. 제남성에 있는 모든 울고수와 울군사들까지 몰려오면 골치 아파진다.

그러므로 전각에 진입하는 것은 하책이다. 지금은 가능한 빨리 아미와 독고비를 탈출시키는 것이 최상책이다.

스우우우…….

기개세의 몸에서 은은한 금광이 흘러나오더니 그의 몸 주위를 느릿하게 회전하기 시작했다.

천신기혼을 극한으로 끌어올렸기 때문에 그것이 몸 밖으로 나오면서 일어나는 현상이다.

지금 기개세는 단지 천신기혼만 끌어올리는 것이 아니다.

지금껏 이천삼백여 년 동안 여덟 명의 태문주가 아무도 성공하지 못했던 천신여의지경을 전개하고 있다.

그의 천신여의지경은 현재 오경(五境)에 이른 상태다. 무림에서는 무공의 성취를 성(成)이라고 하지만 천문에서는 경(境)이라고 한다. 경지에 이른다는 '경'이다.

고오오…….

그때 기개세 주위에서 기음이 흘렀다.

그러더니 갑자기 주위가 암흑처럼 어두워졌다.

별이 총총하던 밤하늘에 갑자기 시커먼 먹구름이 몰려들기 시작했다.

또한 그가 서 있는 주변의 지축이 들썩거렸으며, 허공중의 공기가 격탕하면서 마치 천지가 조화를 일으키는 듯한 광경과 음향을 발출했다.

우르릉!

쿠쿠우우…….

그것은 그가 천신여의지경을 전개함에 따라서 음양오행(陰陽五行)으로 이루어진 삼라만상이 격렬하게 반응하고 있기 때문이다.

번쩍!

파아앗!

그의 머리 위에 시커멓게 몰려든 먹구름에서 섬광이 번뜩였다. 번개인데, 기개세가 일으킨 것이다.

그리고 들썩이는 지축에서, 그리고 허공중에서 여러 가지 색의 기운이 번쩍이면서 생성되었다.

기개세는 이미 어떻게 할 것인지 계획을 세웠다. 그 계획은 벌써 아미와 독고비에게 전해졌을 것이다.

전각 밖에 은둔해 있는 이십 명의 지옥잔은 초조함이 극에 달했다.

머리 위에서 번갯불이 번뜩이고 지축이 들썩이며 허공이 용음(龍吟)을 토해내고 있으니 불안해진 것이다.

기개세의 몸 주위를 회전하던 흐릿한 금광이 어느 순간 찬란하게 밝아지더니 씻은 듯이 사라졌다.

순간 기개세는 전각의 아미와 독고비가 있는 곳을 향해 벼락같이 쌍장을 뻗었다.

츠아앗!

번쩍!

그 순간 먹구름에서 여러 줄기의 번개가 내리꽂혀 기개세의 몸에 흡수되고, 지축과 허공중에서 여러 가지 색깔의 삼라만상의 기운들이 쏘아 와서 또한 그의 몸에 흡수되었다.

그러는가 싶더니 찰나 그의 온몸이 하나의 태양처럼 밝아졌고, 그 찬란한 광채가 그의 쌍장을 통해서 전각을 향해 뿜어졌다.

다음 순간 전각 전체가 커다란 빛 덩이에 휩싸였다. 마치 전각 자체가 발광(發光)을 하여 태양처럼 광채를 뿜어내는 것 같았다.

도오… 옴!

그러더니 기개세의 쌍장에 적중됐던 부분이 엄청난 폭발을 일으켰다.

그것은 마치 태양이 폭발하는 듯한 광경이다. 눈을 뜨고 쳐다본다면 눈이 멀어버릴 듯한 눈부심이다.

슈욱!

순간 기개세는 수직으로 빛처럼 솟구쳤다.

전각 밖에 은둔해 있던 이십 명의 지옥잔은 그를 발견했든 그러지 못했든 추격할 엄두조차 내지 못했다.

허공 삼십 장까지 찰나지간에 솟구친 기개세는 그곳에 멈추어 아래를 내려다보았다.

슈우—

아미가 한 손으로 독고비의 팔을 붙잡고 솟구치고 있는 모습이 보였다.

쏘아 오르면서 기개세를 바라보고 있는 두 여자의 얼굴에 기쁨과 행복의 표정이 가득했다.

하지만 기개세의 눈은 재빨리 그녀들의 몸을 살폈다. 다친 곳이 없는지 확인하려는 것이다.

문득 그의 눈빛이 흐려졌다. 아미도 독고비도 성한 몸이 아니었다.

아미는 오른팔과 어깨에서 피를 흘렸고, 독고비는 가슴과

복부에서 콸콸 피를 흘리고 있는데 한눈에도 심각한 중상이 분명했다.

그러면서도 두 여자는 기개세를 보면서 더 이상 행복할 수 없을 듯한 표정을 짓고 있다.

그 모습을 보면서 기개세는 가슴이 쓰라렸다. 독고비가 풍림각에 찾아왔을 때 어째서 그녀를 호되게 꾸짖어 돌려보내지 않았는지 후회가 밀려들었다.

아니, 그뿐 아니라 기개세 자신을 제외하고는 가장 고강한 아미를 데리고 온 것마저 후회됐다.

그러나 어쩌랴. 이것이 작금의 현실인 것을. 지금 이토록 후회가 밀려오고 가슴이 아프지만, 또 때가 되면 그녀들을 싸움으로 내몰아야만 한다. 그녀들이 위험할 줄 뻔히 알면서도 그래야만 하는 것이다.

기개세는 두 손을 뻗어 각각 아미와 독고비의 허리를 안았다. 이어서 양손에 천신기혼을 일으켜 그녀들의 상처를 지혈시켜 주었다.

그리고는 황일교 쪽으로 방향을 잡아 바람에 몸을 실어 쏘아가기 시작했다.

"대가……."

독고비는 눈물을 흘리면서 울먹이며 자꾸만 그의 품으로 파고들었다.

무슨 말이 필요하겠는가. 그녀들이 지옥잔 사십 명의 합공

속에서 과연 무슨 생각을 했을 것이며, 부상을 당하면서 어떤 절망을 느꼈을 것인지 백 마디 말이 필요하지 않다.

그리고 또한 그런 와중에서 사랑하는 남편의 도움으로 구사일생 살아나서 그의 품에 안긴 이 기쁨과 환희를 대저 무엇으로 설명할 수 있겠는가.

기개세는 말없이 독고비의 등을 쓰다듬으면서 아미를 쳐다보았다.

아미는 언제나 그랬던 것처럼 변함없이 아름다운 미소를 방그레 지으면서 그를 마주 바라보고 있었다.

그녀는 인간들과 다른 천족이다. 그러므로 천족의 사랑은 인간들과 다르다.

기개세의 다른 여자들은 그를 오로지 하나의 남편으로만 여기고 있다.

반면에 아미는 그를 남편으로보다는 문주로서 섬기고 있다. 그것은 그녀가 대대로 지켜온 천족의 율법 때문이다.

그렇다고 해서 그녀가 다른 네 여자보다 기개세를 덜 사랑한다는 뜻이 아니다.

그녀의 사랑이 다른 네 여자와 다른 색이고 또 형태라는 뜻이다.

어쩌면 그녀의 사랑을 인간 세상의 법으로 논한다면 어느 누구보다 더 클지도 모른다.

기개세는 힐끗 뒤쪽 아래를 돌아보았다.

아홉 번째 전각이 통째로 무너지고 있는 것이 보였다. 그리고 또 다른 것이 보였다.

수십 명의 지옥잔이 맹렬하게 추격을 하고 있는 광경이다.

조금 전 기개세의 천신여의지경으로 지옥잔들이 얼마나 죽었는지는 모르지만, 추격하고 있는 지옥잔은 대략 육십오 명 정도다.

그렇다면 조금 전 기개세의 일장에 지옥잔 십오 명이 죽었다는 것이다.

그러나 추격하고 있는 지옥잔의 모습이 점차 작아졌다.

기개세의 속도가 워낙 빨라서 따라오지 못하는 것이다.

그렇더라도 지옥잔별은 결코 추격을 포기하지 않을 것이다.

어쩌면 기개세가 이대로 황일교포구로 향하는 것은 위험할지도 모른다.

지옥잔별은 이미 제남울군둔의 오백 명의 지옥잔에게도 출동을 명령했을 것이다.

뿐만 아니라 잠시 후에는 제남성의 모든 울고수와 울군사들이 추격을 시작할 것이라고 봐도 무방하다.

잠시 생각하던 기개세는 방향을 꺾어 동쪽으로 향했다.

"욱!"

그러다가 갑자기 그는 울컥하고 진한 핏덩이를 토해냈다.

아직 미완성인 천신여의지경을 과도하게 사용했기 때문에

가볍지 않은 내상을 입은 것이다.

"문주."

"대가……."

아미와 독고비가 놀라서 그를 쳐다보았다.

동쪽으로 향하고 있는 그의 몸이 빠르게 아래로 하강하기 시작했다.

아미와 독고비는 어떻게 된 영문인지 즉시 알아차렸다. 기개세가 자신들을 구하려다가 내상을 입은 것이다.

독고비는 기개세의 내상이 어느 정도인지 조금도 감을 잡을 수가 없다.

또한 그가 내상을 입은 사실만 걱정이 될 뿐이지, 이렇게 자꾸 하강하다가 지상으로 내려서게 되면 추격해 온 지옥잔들에게 포위될 것에 대해서는 걱정이 아니라 아예 생각조차 나지 않았다.

기개세는 입안에 고여 있는 핏물을 뱉으면서 빙긋 미소 지었다.

[별것 아니다.]

이어서 그는 다시 힘을 내서 비스듬히 상승했으며 원래의 속도를 되찾았다.

[아… 다행이에요.]

그것을 보고 독고비는 환한 표정을 지었다.

그러나 아미는 지금 기개세가 어떤 상태인지 기개세만큼
알고 있다.

기개세나 아미는 누군가의 몸에 손이나 신체의 일부가 닿
기만 해도 그 사람의 몸 상태에 대해서 훤히 알 수가 있다.

아미가 볼 때 기개세는 완성되지 않은 천신여의지경을 무
리하게 전개했기 때문에 기력이 많이 허비되었으며 가볍지
않은 내상을 입은 상태다.

하지만 한나절 정도만 쉬면 완치될 수 있다. 치료를 하는
것이 아니라 천족은 스스로 치유가 되기 때문이다.

그런데 지금 기개세는 쉴 수 있는 형편이 아니다. 그러므로
스스로 치유가 되지 않는다. 반드시 편하게 쉬어야지만 치유
가 되는 것이다.

지금 상태라면 그는 평소의 삼 할 정도의 천신기혼을 지니
고 있을 것이다.

아무것도 하지 않고 편하게 쉬면 빠르게 회복이 되지만, 지
금처럼 무리를 하면 아주 더디게 회복된다.

그래서 아미는 허공을 비행하는 것만큼은 자신의 힘으로
하기로 했다.

그녀도 두 군데 가볍지 않은 상처를 입었기 때문에 현재는
거기까지가 한계다.

기개세는 힐끗 아미를 쳐다보았다. 그녀가 제 스스로 날고
있는 것을 느꼈기 때문이다.

아미는 방그레 미소 지으며 가볍게 고개를 끄덕여 보였다.

정말로 속이 깊은 여자다. 그녀는 기개세와 한 몸이다. 아니, 정신까지도 완벽하게 하나다.

사람들이 특히 남녀가 일심동체니 뭐니 말하지만, 그것은 단지 사랑이 그만큼 깊다는 상징적인 의미일 뿐이지, 신체적으로나 정신적으로는 절대로 일심동체가 될 수 없다. 그것이 인간이다.

하지만 기개세와 아미는 말 그대로 완벽한 일심동체다. 천족이기 때문에 가능한 일이다.

기개세는 독고비만 안고 비행하면 되기 때문에 조금 전보다 한결 수월해졌다.

힐끗 뒤돌아보니 추격하던 지옥잔들의 모습은 아예 보이지도 않았다.

동이 부옇게 터올 무렵에 기개세는 황일교포구에 도착했다.

지옥잔들을 완전히 따돌리기 위해서 동쪽으로 백여 리가량 더 갔다가 오느라고 늦어졌다.

그러나 황일교포구에 도착한 기개세 일행은 예기치 않았던 일에 직면했다.

어찌 된 일인지 포구 곳곳에 울고수와 울군사들이 개미 떼처럼 깔려 있는 것을 발견한 때문이다.

기개세는 아미와 독고비를 포구 바깥쪽에 기다리게 하고는 혼자 포구 안으로 잠입하여 쌍봉선이 있던 곳으로 갔다.

그러나 쌍봉선의 모습이 보이지 않았다. 혹시 자리를 잘못 알고 있나 싶어서 포구 끝에서 끝까지 다 찾아봤으나 쌍봉선은 어디에도 없었다.

사라진 쌍봉선과 포구에 깔려 있는 울고수와 울군사들이 뭔가 연관이 있을 것이라는 생각이 들었다.

착잡한 마음으로 그가 아미와 독고비가 있는 곳으로 돌아오자 뜻밖에도 염섭이 그곳에 있었다.

염섭이 공손히 예를 취하고 입을 열었다.

"주군, 일단 풍림각으로 가시지요."

『대사부』 제11권에 계속…

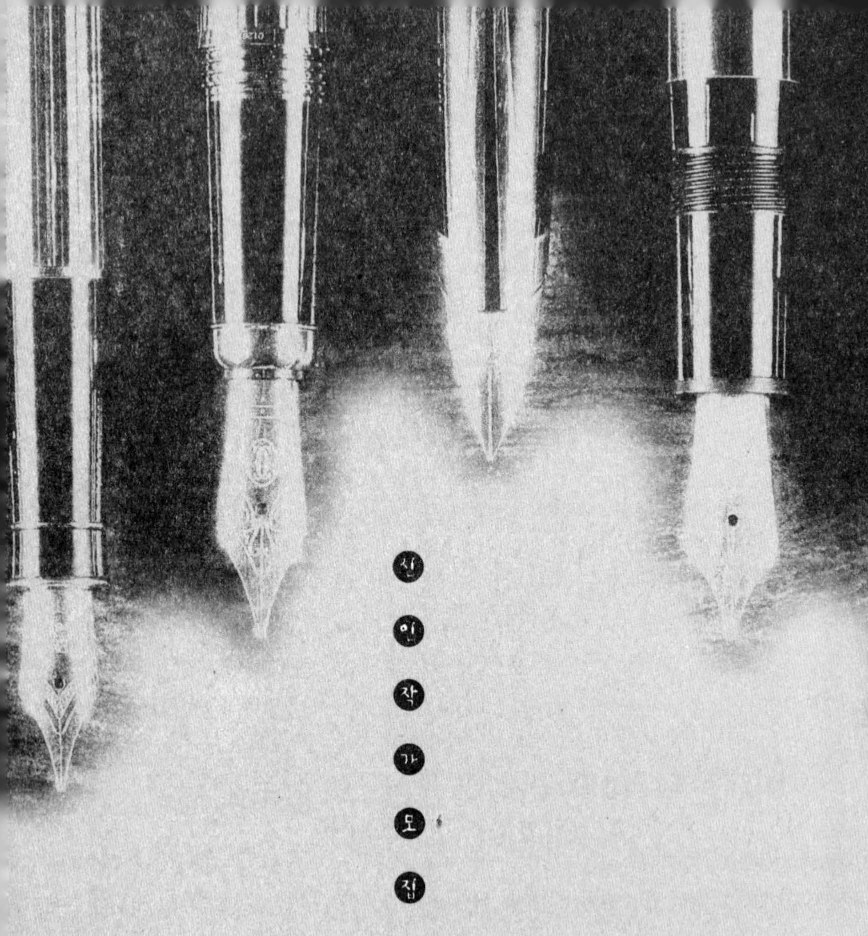

신 인 작 가 모 집

시작이 반이라고 했습니다.
작가의 길에 대한 보이지 않는 벽을 과감히 깨뜨리십시오!
청어람은 작가 지망생 여러분들의
멋진 방향타가 되어드리겠습니다.

저희 도서출판 청어람에서는
소설 신인 작가분들을 모집합니다.
판타지와 무협을 사랑하시는 분들의 많은 참여를 바랍니다.
소정의 원고(A4용지 150매)를 메일이나 우편으로 보내주시면
검토 후 출판 여부를 알려드리겠습니다.

주소·경기도 부천시 원미구 심곡1동 350-1 남성B/D 3F 우편번호420-011
TEL:032-656-4452 · **FAX**:032-656-4453
http://**www.chungeoram.com**
e-mail:chungeoram@chungeoram.com

무공을 익힐 수 없는 비운의 천재 제갈수.
공작가의 망나니 공자 슈.

운명을 벗어나려는 제갈수의 노력은 망나니 공자의 죽음과 만나 비상한다.

제갈수의 영혼과 슈의 신체를 이어받은 새로운 슈 부르셀라 폰 레비안또 가누비엔
그것은 하나의 위대한 기적!

홀로선별 퓨전 판타지의 신기원!
『기적!』

따뜻한 그의 이야기가 지금 시작된다.

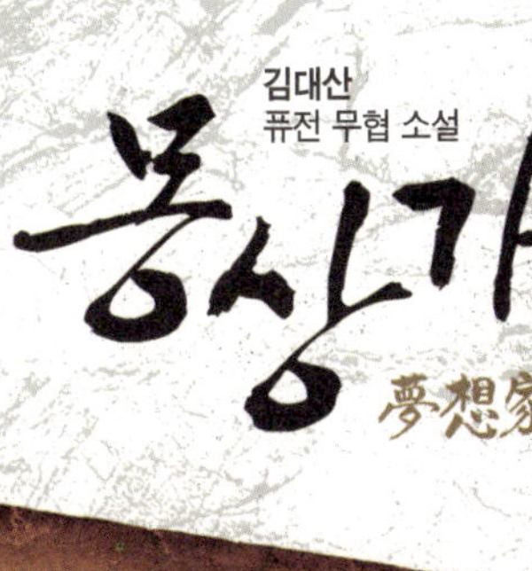

Book Publishing CHUNGEORAM

김대산
퓨전 무협 소설

몽상가
夢想家